スキル
トレーダー
【技能交換】
～辺境で
わらしべ長者
やってます～
Fukuryu Presents
伏(龍)
illust. ニノモトニノ
JN018924

CONTENTS

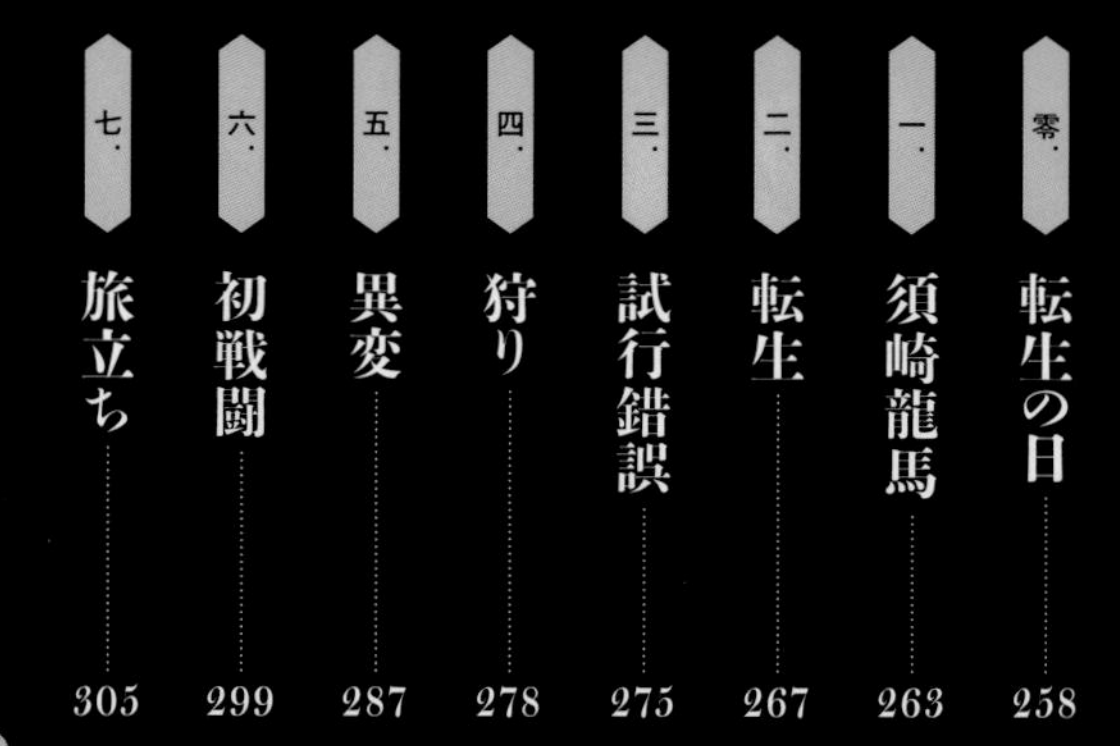

タツマ

種族 スライム

もともとは野良のスライムだったが、ある日を境にリューマの頼れる参謀兼相棒になる。スライムとしての能力は最弱だが、常に前向き。

「俺もできる限り力を貸すぜ！スライムだけどな！」

モフ

種族 角耳兎（つのみみうさぎ）

生まれてすぐ罠にかかっていたところをリューマに助けられて、従魔となったもふもふな魔兎。その愛らしさから村のマスコットとしての地位を確立。

「きゅん、きゅん♪」

リミナルゼ

種族 猫人族

リューマの幼馴染み。獣人特有の高い身体能力と【魔術の才】を持っている一途な頑張り屋さん。リューマとともに旅立つため冒険者になることを決める。

「えへへ、嬉しいな。この枕はりゅーちゃん専用だからね」

▶▶▶

突如現れた村を襲う
凶悪な魔物!!
はたして、リューマたちは
皆を救うことができるのか――

深森のシルフィリアーナ
種族 ハイエルフ族
魔境ジドルナの奥地にあるハイエルフの里出身。エルフらしい美貌とエルフらしからぬスタイルの超絶美人。行商人に連れられボルック村を訪れる。
リューマ
種族 人族
冒険者に憧れて、修行中。特別な【鑑定】能力に加えて、ユニークスキル【技能交換】を持っている努力家。リミナルゼとは幼馴染みで仲良し。
「お父さんたちみたいな冒険者になるのが僕の夢だから―」
「……すべて、おっしゃるとおりにいたします」

マリシャ 種族 人族
ガードンの伴侶でありリューマの母。冒険者として活躍してきた武力と【回復魔法】で夫と村を支える「強」妻賢母。
ガードン
種族 人族
リューマの自慢の父でポルック村の創設者。家では愛妻家で子煩悩だが、冒険者として培った経験と武力は村の守護者に相応しい。
『母さん』……か、いつの間にか男らしくなっていくのね」
「よく、やってくれた！お前は俺たちの自慢の息子だ」

ダッシュエックス文庫

スキルトレーダー【技能交換】
～辺境でわらしべ長者やってます～

伏(龍)

「ねえ、お父さん」

くりっとした大きな目をした榛(はしばみ)色の髪の少年が夕食の席で向かいに座っていた父親へと声をかけた。

「ん？　どうしたリュー。食事中だぞ」

やんわりとした注意の言葉だが、まだ幼い息子に話しかけられるのは、それはそれで嬉しいものらしく、その顔には優しい笑みが浮かんでいる。

リューと呼ばれた少年の髪よりも日に焼けたこげ茶色の髪を短く揃(そろ)えた父親は、少年にとってはいつも自慢の存在だった。袖(そで)のないシャツに身を包んだ父親の体は、よく鍛えられており少年の視界に映るその腕はいつも太く逞(たくま)しかった。

「どうしたのリューマ。お父さんになにか聞きたいことがあるのかしら？」

父親の隣で微笑む母親は白い肌と淡いブルーの長い髪がとても美しい、これまた少年にとっては大好きな母親だった。

「うん、お父さんはポルック村の『しゅごしゃ』なんだよね」

「おお！　リューは難しい言葉を知っているな。そうだ、お父さんはこの村を守るのがお仕事だから確かに守護者と言えるな」

自分の仕事のことを幼い子供が知っていたことに嬉しくなった父親が少年に力こぶを見せる。その様子を母親も微笑ましく見守っている。

ここは、エンチャンシ王国の果て。辺境と呼ばれる地域からも外れた、さらに僻地（へきち）。モンスターが支配する魔境『ジドルナ大森林』にもっとも近い開拓村だった。

名をポルック村。少年が五歳になるまで生まれ育ってきた村だった。

「お父さんはいつもおっきな『けん』を持ってお出かけするけど、どうして『やり』を持っていかないの？」

「ん？　まあ、父さんは昔から剣を練習してきたからなぁ。これでも剣の腕前は冒険者の中では有名だったんだぞ。槍（やり）はむしろ母さんが得意でな、父さんの剣と互角に戦えるくらいの達人だぞ。リューを授かってからはしばらく振ってなかったけどな」

「あら、リューマが手のかからない良い子だったから、私もここ一年ほどは鍛え直してかなり動けるように戻ったのよ」

父親の真似をして白く細い腕に力こぶを作る振りをする母親に少年は無邪気な笑顔を見せる。

「うん、お母さんの『やり』もすごいよね。でもなんでお母さんは『けん』を使わないの？」

「え？」

ここにきて少年の両親は顔を見合わせる。自分の息子が、なにを言いたいのかわからなくなったのだ。最初は剣や槍に興味を持ち始め、自分も使ってみたいと切り出すのだろうと思っていた。実際にそうだと思わせるような兆候が最近は見え始めていたからだ。だが、息子の問いかけは本当にただ疑問に思っていることを聞いているように思える。

「……どうしてと言われてもな。父さんはずっと剣を使ってきたからなぁ」

「お父さん、『さい』ってさいのうのことだよね。それがあると、なんかすごくなれるんだよね？　今日、村長さんに聞いたら教えてくれたんだ」

「お前の言う『さい』が才能のことなら確かにその通りだが、それが剣や槍と何か関係あるのかリュー？」

「だって、お父さんには『そうじゅつのさい』があって、お母さんには『けんじゅつのさい』があるのにお父さんが『けん』を使って、お母さんが『やり』なんだもん。変だなぁって思ったんだ」

そう言って可愛く小首をかしげる息子を父親と母親が固まった表情で見つめる。

「リュー、まさかお前、お父さんたちのステータスが見えるのか？」

「え？　……うん、見えるよ」

「あなた……」

「ああ……」

自分を見る妻に頷(うなず)きを返すと、席を立った父親はメモ代わりの乾いた木の皮と炭を持ってきて食卓に置いた。

「リュー、父さんが書きとめるから、父さんと母さんのステータスを読み上げてくれないか」

「うん、いいよ」

名前：ガードン
状態：健常
LV：35
称号：村の守護者（村近辺での戦闘時ステータス　微増）
年齢：28歳
種族：人族
技能：剣術4／弓術2／採取2／解体2／料理1／手当て3／狩猟3／育児1
特殊技能：気配探知
才覚：槍術の才

名前：マリシャ

状態：健常
ＬＶ：28
称号：守護者の伴侶（守護者の近くでの戦闘時ステータスＵＰ　小）
年齢：25歳
種族：人族
技能：槍術３／弓術１／採取２／解体１／料理３／手当て４／狩猟２／裁縫２／掃除２／育児
　２／回復魔法１
特殊技能：なし
才覚：剣術の才

「なるほど……リュー、おまえのステータスも教えてくれるか？」
「うん……えっとね」

名前：リューマ
状態：健常
ＬＶ：２
称号：村の子供（なし）

年齢：5歳
種族：人族
技能：採取1／掃除1
特殊技能：鑑定
固有技能：技能交換
才覚：早熟／目利き

家族全員のステータスを書きとったガードンは、視線を木の皮とリューマの顔とでゆっくり二往復させてから大きく息を吐いた。

「間違いない。リューマは【鑑定】スキル持ちだ。しかもおそらく、才覚？の欄にある【目利き】の効果で普通の鑑定とは比べものにならないほど情報量が多い」

「そうね……状態、称号の効果、スキルのレベル……それから才覚。どれも普通の【鑑定】では出てこない情報だわ」

「【鑑定】自体は珍しいスキルではない。あれば便利なスキルという程度だ。本来ならリューにそんなスキルがあることを喜ぶべきなんだがな……」

「……幸いなのは、【目利き】のほうは普通では見えない情報だから、黙っていれば普通の【鑑定】と変わらないってことね」

食卓に置いてあった木の皮を手に取って眺めながらマリシャは視界を遮るように流れてきた長い髪を掻き上げる。

「お父さん、お母さん。手を……僕と手をつないでくれる？」

深刻そうな表情をしている両親に不安になってしまったのか、リューマがそっと両手を伸ばしてくる。

「ああ、すまんなリュー。お前はなにも心配することはない」

「そうよ、リューマ。あなたは人よりほんの少し良い力を授かっただけなのよ」

ガードンとマリシャは自分たちの動揺が可愛い一人息子に伝わってしまったのだと思い、優しく微笑みながらリューマの手をそれぞれ握り返した。お前はなにも心配することはない。お前は俺たち夫婦の宝物なんだ、と思いを込めて。

「うん、知ってるよ。お父さんもお母さんも僕は大好きだもん！　だからお仕事で怪我とかしてほしくないんだ。だから『さい』が使えるように『けん』と『やり』を交換しておくね。明日からはお父さんはお母さんのやりを持っていってね」

にこっと笑うリューマの顔を、この日最大の驚愕を浮かべた顔で見たガードンは、ぎぎぎと音が鳴りそうな動きで妻であるマリシャのほうへと顔を向ける。すると同時にこちらを向いた妻の顔も同じように驚愕に彩られていた。

「……まさか、そんなことがあるわけないよな」

「そ、そうよ。リューマの冗談に決まっているわ」

と言いつつもふたりは食堂を出ると、自らの武器を手に持ち庭へと出ていった。リューマはそんなふたりをにこにこと嬉しそうに見つめ、庭の見える窓の前へと移動してふたりが対峙するのを見守る。

「駄目だ……今日まで腕の一部のように使ってきた自分の剣が」

「私もよ……いままで培った技術は覚えているのにうまく使える気がしないわ」

「これは立ち会うまでもないな……マリシャ」

「ええ」

そう言うとふたりは互いの武器を相手に向かって放り投げる。訓練用ではない実戦用の武器をそんな乱暴に受け渡すのは常識知らずもいいところだが、ふたりは互いの力量を誰よりも信じているためになんの問題もない。

宙を舞う槍を危なげなくキャッチしたガードンは、その瞬間に「むうっ」と低い唸り声をあげた。そして、ほぼ同時に剣を手にしたマリシャも「あらっ」と思わず声を漏らす。

「「……」」

その言葉を最後に、互いに握りしめた武器を眺めたまま、ふたりは押し黙ってしまう。

「く、くく……くく」

「あらあら……うふふ……」

　だが、やがてふたりの口からは抑えきれなかったのか楽しげな笑い声がこぼれてくる。

「これは……たまらないな」

「ええ……この感覚、どれだけ槍の修練を積み重ねても、どうしてもあと一歩届かなかったものだわ」

　そう呟いたふたりはどちらからともなく武器を構えると、誰よりも信頼している最愛の伴侶と刃を交えはじめた。


「リュー、【鑑定】のことと【技能交換】のことは人には絶対に言わないと約束してくれ」

「あなたの力は素晴らしいものだけど、もし知られたらそれを利用しようとする人が必ず出てくるわ」

　窓から眺めていたリューマをそっちのけで三十分ほども模擬戦闘を繰り返していたふたりは、どこかすっきりとした顔で戻ってくるなり、リューマに告げる。

「うん！　わかった。だれにも言わないようにする」

「よぉし、偉いぞリュー。ご褒美に明日から剣と槍の使い方を教えてやろう」

「先生が逆になっちゃったけどね」

「やったぁ！　僕、お父さんとお母さんみたいな強くてかっこいい冒険者になりたい！」

「そうか！　じゃあ、頑張らないとな」

「うん！」

笑い合う三人の姿は誰が見ても幸せな家族だった。

「リュー、もっと脇を締めて刃筋(はすじ)を立てろ！　常に刃筋を意識するんだ」

「はい！」

僕は額(ひたい)から滴(したた)るほどに汗を流しながらも、お父さんの言葉を意識して自分用に両親が用意してくれた短めの剣を振り続ける。そんな僕に時折指示を与えながら、お父さんが誇らしげに見守ってくれている。それがここ数年、僕の夕方の日課になっている。

お父さんとお母さんのスキルをトレードしたあの日から早いもので三年が経(た)っていた。あの時から早朝はお母さんから槍(やり)の、夕方はお父さんから剣の指導を受けるようになった。スキルをトレードしてふたりの得意武器は変わっていたんだけど、初心者である僕が基礎を教わるためには実際の強さよりもまず知識のほうが必要だったんだ。

だから剣を基礎から身につけてきたお父さんが槍を持ちながら剣を、槍を基礎から身につけてきたお母さんが剣を持ちながら槍を教えてくれるという、ちょっと紛(まぎ)らわしい状態が続いていた。スキルを交換したらなんでもうまくいきそうな気がしていたんだけど、スキルだけが全てじゃないんだってことがよくわかった。

でも、僕に剣や槍を教えてくれていたせいか、お父さんは【剣術1】を、お母さんは【槍術1】を再びスキルとして取得していた。どうやら一回トレードで失ったスキルも、また練習することでもう一回取得することができるみたい。

スキルをまた覚えていたことをお父さんとお母さんに教えてあげたら、ふたりとも長年鍛えてきた【剣術】と【槍術】のスキルを再取得できたことを凄く喜んでいた。スキルを交換しちゃったのは失敗だったのかなと思ってお父さんたちに謝ったら、お父さんは『そういうことじゃない。少しでも強くあるのはこの村ではなによりも大事だから、交換自体はとても嬉しいことだったんだ』と言ってくれた。

再取得したといっても、勿論スキルレベルが1では辺境の更に僻地であるこの辺の魔物相手には心もとないので、使用武器を戻すことはしないらしいから、気持ちの問題みたい。

そして、僕も三年間お父さんたちから指導を受け続けたおかげで、【剣術】と【槍術】のスキルを取得することができていたんだ。

「ようし！　いいぞ。良くなった。今日はここまでにしよう。最後にステータスを確認して終わりにしなさい」

「はい」

お父さんから渡されたタオルで汗を拭いながら頷くと、僕は【鑑定】スキルで自分のステータスを確認する。

名前：リューマ
状態：健常
LV：5
称号：村の子供（なし）
年齢：8歳
種族：人族
技能：剣術1／槍術1／採取2／裁縫1／掃除1／料理1／手当て1／解体1
特殊技能：鑑定
固有技能：技能交換
才覚：早熟／目利き

「やっぱりレベルは上がってないや」

ちょっとがっかり。毎日ちゃんと練習しているのに全然レベルが上がらない。

「なにを言っている。その歳で【剣術】スキルと【槍術】スキルを持っているだけで凄いことなんだぞ」

　お父さんが笑いながら僕の頭をがしがしと撫でてくれる。実はこのやりとりも、もう何度となく繰り返されてきてるんだけど、お父さんにそう言ってもらえるとやっぱり嬉しい。

　僕が【剣術】スキルと【槍術】スキルを手に入れたのは、実はもう二年も前なんだ。六歳にしてスキルを取得できた時は僕も剣術や槍術の才能があったのかと大喜びしたんだけど、その後はどんなに一生懸命に練習をしてもスキルレベルは上がらないままだった。

「それに、おそらくリューが持っている才覚のせいもあるはずだ。焦る必要はない。スキルレベルが上がらなくとも十分強くなってきているのは父さんが保証してやる」

「うん！　ありがとう、お父さん。僕、ちょっと顔を洗ってから戻るね」

　お父さんを安心させるために、なるべく明るく返事をすると家の裏にある井戸へと走る。角を曲がってお父さんが見えなくなってから、もう一度自分のステータスを確認してみる。

「【早熟】か……どう考えても、これのせいなんだよなぁ」

　この三年の間にいろいろ試している間に、僕の【鑑定】スキルならしっかりと注視すれば才覚とかの詳細情報も見られることに気がついたんだ。それによると【早熟】の効果は『スキルを早く取得する。ただしレベルが上がりにくい』と出てくる。

　この才覚があったから僕は八歳にして八つものスキルを手に入れることができた。そして、この才覚があるがゆえに軒並み所持スキルのレベルが低いままなんだと思う。

　ついでに説明しておくと【目利き】の効果は『より詳しく鑑定できる』で、【技能交換】は

『「対象」と「交換」を指定してスキルを交換することができる。「交換」より「対象」のレベルが高いときは成功率が落ちる。ただし、双方合意の場合はこの限りではない』だった。交換スキルはあれ以来一度も使っていないからよくわからないんだけどね。

「でも、これのおかげでいろんなスキルをすぐに覚えられるんだから仕方ないか」

スキルがあるとないとでは、たとえレベルが1だったとしてもその行動の結果に大きな違いが出るってお父さんは教えてくれた。その時に話してもらったちょっと極端な例が確か……。

いいか、リュー。

1. さほど鍛冶の経験がない【鍛冶】スキルレベル1の者が作った剣。

2. 【鍛冶】スキルは持たないが何年も修業を重ねた者の作った剣。

このふたつを比べたとしよう。普通なら何年も修業を重ねた者のほうがいい剣を作れるはずだと思うだろう?

だがな、実際は【鍛冶】スキル持ちの作った剣のほうが明らかにいい剣なんだ。場合によっては経験をスキルが超える。そんなことが普通に起こり得るのがスキルなんだ。

お前は【鑑定】で人のスキルが見える。だから、そのことをよく覚えておけ。

みたいな話だった。

そんなスキルを僕は【早熟】という才覚の恩恵で、八歳にして八つも身に付けているんだから、確かに文句は言えない。

聞くところによれば僕くらいの子供なら、生活系のスキルをひとつかふたつ持っていればいいほうで、ひとつもスキルを持っていなくてもそれが普通らしい。下手(へた)をすれば大人でも死ぬまでにスキルをひとつ、ふたつしか持たないこともあるみたい。

「でも、明日はお父さんが初めて狩りに連れていってくれる。うまく獣や魔物を倒せたら僕もスキルやレベルが上がるかもしれないから頑張ろう！」

村の周囲より遠くに行くのも初めてだから本当に今から楽しみでしょうがない。テンションが上がった勢いで、井戸から汲(く)み上げた水を思い切り頭からかぶって意気揚々と家に戻った。

三十秒後、びしょ濡れのまま家に入ってきたことをお母さんにこっぴどく叱(しか)られた。

翌朝、まだ朝靄(あさもや)が煙(けぶ)る中、僕は槍を持って大きな袋を背負ったお父さんと一緒に、村の中を狩りに行くために歩いていた。今日は僕も、いつも使っている専用の剣を腰に佩(は)いて、手には背丈(せたけ)よりも長い槍を持っている。

勿論ほかにも狩りに必要な荷物はあるんだけど、今の僕が持って歩くには負担が大きいと判断されてお父さんが全部持ってくれている。ちょっと情けないとは思うけど、金属製の剣と槍を持って歩くだけでもまだ体のできあがっていない八歳の僕には重荷になるって、お父さんが判断したんだからそうなんだと思う。僕だって冒険者になりたいと夢見て日々体を鍛えているから、森まで荷物を持っていくこともたぶんできる。でも、今回の目的は体力づくりじゃなくて森での狩り。森に到着したはいいものの、疲れて狩りができませんでしたじゃ困るし、これから行く森には魔物も出る。いざという時に走れないようでは身を守れない。お父さんはそこまで考えて荷物の配分を決めてくれた。まあ、お父さんがアレを持っているというのも大きな理由だと思うけど。

「リュー、昨日は随分遅くまで起きていたようだが眠くないか」

「うん！　楽しみでなかなか寝付けなかったんだ。でも大丈夫だよ、お父さん」

「そうか。俺も子供の頃は狩りに連れてってもらえるのが嬉しかったな。まさか自分に息子ができて、その息子が俺と同じことを感じるようになるとはな」

眼を閉じて感慨にひたっているお父さん。僕にはまだ自分の子供とかいないからよくわからない感覚だ。

「ねえ、早く行こうよ、お父さん」

「おっと、すまんすまん。昔を思い出してしまった」

「りゅーちゃん！」

歩き出そうとした僕たちを背後から呼び止めたのは、朝靄の中でもよく通る聞き慣れた声だ。

「リミ！　おはよう。ずいぶん早起きだね」

手に木の桶を持って笑顔で駆け寄ってくるリミは、僕の幼馴染みでとても可愛い猫人族の女の子だ。

「もう！　りゅーちゃんってば。全然早くないよ、リミは毎日この時間にお水汲みのお手伝いしているんだからね。おうちの裏に井戸がある守護者様のところとは違うんだから」

そう言って頬を膨らませてはいるけど、頭の上にある三角の耳とおしりで揺れる細長い尻尾の動きは嬉しい時の動き方なのを僕は知っている。

僕たちのポルック村の人口の半分くらいは獣人族の人たちで、みんながそれぞれいろいろな動物に似た耳や尻尾を持っている。その耳や尻尾は感情に反応してよく動く。さすがに他のみんなのはわからないんだけど、僕はリミだけは耳や尻尾の動きだけで、ある程度は感情が読めるんだ。

リミが近づいてくるのを待って、最近では条件反射的に使うようになってしまっている【鑑定】を使用した。

名前：リミナルゼ
状態：健常
ＬＶ：２
称号：村の子供（なし）

年齢：7歳
種族：猫人族
技能：採取2／料理1／手当て1
特殊技能：一途
才覚：魔術の才《潜在》

あ、【採取】が2に上がっている。最近村の周囲の薬草取りを頑張っているって言ってたから……凄いなぁ、リミは。【採取】もとうとう追いつかれちゃった。【魔術の才】は相変わらず潜在したままだけど、魔術の才能があるなんて凄いことなんだから早く発現すればいいのに。

そんなことを考えつつ、リミに今日の予定を伝えておく。

「へへ、そうだった。ごめんね、手伝ってあげたいんだけど今日はこれからお父さんと狩りの訓練があるんだ」

リミナルゼ、リミは僕が生まれた翌年に生まれた猫人族夫婦のひとり娘なんだ。開拓村の生活はとても厳しいらしくて、最初の数年で生まれた子供は僕とリミのふたりだけ。だから僕にとっては唯一の同世代の友達。

僕の両親は守護者として村を守るために家を留守にすることも多かったから、そんな時はひとり面倒見るのもふたり見るのも一緒だと言ってくれたリミの両親の厚意に甘えて、リミの家

で過ごすことがほとんどだった。だから、僕とリミは本当に兄妹のように仲がよくて、遊びに行くときには常に一緒だった。

　虫取りも、水遊びも、大人へのいたずらも、追いかけっこも、かくれんぼも、大人へのいたずらも、お月見も、ピクニックも、大人へのいたずらも本当にいつもふたりで一セットだった。……若干(じゃっかん)いたずらが多い気もするけど、僕たちがするようないたずらなんて開拓村で生きる逞(たくま)しい大人たちにとってはむしろ癒(いや)しみたいなものらしく、常に温かい笑顔で見守られながら一緒に育ってきた。

「そうなんだぁ……リミも一緒に行きたいけど、狩りじゃ危ないよね。おとなしく村で待ってるから怪我(けが)とかしないで帰ってきてね、りゅーちゃん。ガードンおじさんの言うことをちゃんと聞いてね」

「うん、わかってるよリミ。明日は一緒に魚釣りに行こうね」

「にゃ！　うん！　リミ、お魚大好き！　約束だよ、りゅーちゃん」

　リミの耳と尻尾が一瞬だけピーンと立った。これは驚きと喜びが振り切れた時の反応だ。

「うん、約束。じゃあ行ってくるね」

　僕はリミと人差し指だけを軽く絡(から)めた。これはふたりで決めた、僕たちだけの決まりごとで約束をする時のおまじない。絡めた人差し指を軽く三回振ると指を離して微笑みを交わす。

「いってらっしゃい、りゅーちゃん」

ぶんぶんと力いっぱい手を振るリミに、僕も笑顔で手を振り返して村の外周を囲む壁に向かう。壁といっても狭い間隔で木の杭を深く突き刺して、三メルテ程の高さの柵にしてあるだけなんだけど。

ちなみに一メルテは一〇〇センテ。千メルテは一キロテ。お父さんの身長が一八八センテ、僕の身長は一三〇センテくらいかな。まだまだ成長しているからもう少し伸びてるかも。

村の東西南北には、その柵に門が付けられていて、その門の脇には見張り番の詰所と五メルテくらいの高さの見張り櫓が設置されていて、常に誰かが詰めているんだ。このポルック村には専業で警備の任に就いてる人もいるんだけど、絶対的な人員が足りないから夜の見張りは村の男の人たちで交代制。

でも、魔物が出た時に誰よりも率先して前線に出る必要があるお父さんだけは、村の人たちから常に万全の状態でいてほしいと言われて見張り番を免除されているみたい。

僕たちは今日の南門の見張り当番だったらしい猪人族のイノヤさんに狩りに行く旨を伝えると、イノヤさんは「頑張れよ」と僕たちを励ましつつ扉を開けてくれた。お礼を言って門を出て、振り返ってみると見張り台の上で外を警戒していた鷹人族のホクイグさんと人族のヒュマスさんが手を振っていたので、僕も手を振って挨拶をしてから進路をやや東寄りに変えて『狩人の森』へと歩き始めた。

「いいか、わかっていると思うが、狩りはいかに獲物に気づかれずに先に獲物を見つけられるかが大事なんだ。だから、森を歩くときは目で見えるものだけではなく音、匂い、そして殺気。これらに気をつけなくちゃ駄目だ」

「うん、それらを全部合わせて気配って言うんだよね」

「そうだ、よく覚えていたな。偉いぞ」

お父さんに連れられて向かっているのは村の南東にある森で『狩人の森』って言われている場所。僕が早足で歩いて二時間くらいの距離らしい。そのくらいなら村とはそんなに離れていないかな。

とにかくポルック村の周囲の環境として絶対に忘れちゃいけないのは、北側を横断する川を越えて徒歩で五日ほど草原を行くとぶつかる魔境『ジドルナ大森林』。

ポルック村のあるこの辺り一帯が辺境よりも僻地と言われている最大の理由が、この『ジドルナ大森林』にあるんだ。なぜなら『ジドルナ大森林』に近づけば近づくほどに住む人の数が激減していくから。


『魔境ジドルナだけは、なにがあっても絶対に刺激してはいけない』

ポルック村ではどんな小さな子でも知っている。なぜなら『ジドルナ大森林』に棲息する魔物はすべてがとにかく強いから。魔境の中では最弱と言われるような魔物でも、辺境最大の街フロンティスにある冒険者ギルドのそこそこ高ランクの冒険者が、一対一でなんとか勝てるというレベルらしい。

たまに大森林から迷い出てくる一、二体程度の『はぐれ』ならお父さんとお母さんは倒すことができるって言ってたから、お父さんたちも冒険者だったときはたぶん高ランクだったんだと思う。でも、もし迂闊に手を出して一度大森林から魔物が溢れ出したら、もっとも近い場所にあるポルック村はもう蹂躙されるしかないっていうのは村人全員がわかっている。

だけど、こんな危険な場所だからこそ、ポルック村はほとんど無税で自分たちの畑を持つことができるんだってお母さんは教えてくれた。もともとポルック村の人たちは辺境都市フロンティスでスラムに住むしかないほどに生活に困っていた人たちだったんだ。

でも、フロンティスで冒険者をしていたお父さんとお母さんが、それを見かねて声をかけたんだって。

『どうせ野垂れ死ぬならこんな掃き溜めではなく、わずかでも希望がある場所で死のう』

そう言ってお父さんが人々を説得したらしい。そのときのお父さんは凄く格好よかったって、お母さんはこっそり僕に教えてくれた。僕も見たかったたな。

お父さんはその後、辺境伯っていう人に『スラムの健全化』と、『大森林からの盾』という方便？　を使って開拓村の計画を認めさせたんだって。しかも、ちょっとだけどそのためのお金まで出してもらえるように説得したらしい。

そして、お父さんについていくと決めた人たちと、辺境伯からもらったお金を使って作られたのが今のポルック村なんだ。

最初にここに来た人たちは、大森林を刺激しないように注意をしながら、全員で力を合わせて家を建て、畑を切り拓いていった。その努力の甲斐あってか、ポルック村は大規模な魔物の襲撃に遭うこともなく貧しく過酷ながらも平穏に約十年という月日を過ごすことができた。お父さんはそんなポルック村が大好きみたいで、開拓初期の話をいつも自慢げに話してくれる。

でも、開拓を始めて一年あまりで、僕を身籠ったお母さんが開拓作業からも村の警護の任からも離脱してしまった時は、お父さんは村の人たちからいろいろ言われたらしい。だけど、新しい命が生まれるということが村の人たちの希望になったらしくて、ポルック村の開拓は急ピッチで進められたって言ってたから、生まれる前の僕も少しは村の役に立ったのかも。おんなじ理由で翌年に生まれたリミも村の中では僕と一緒で、特別な子供なんだって大人たちはいつも言ってくれるんだ。

つまりなにが言いたいかというと、村の人たちはひとり残らず全員、自分たちが生きていくためには大森林だけは刺激してはいけないと理解しているということ。

村の北側の門も他の門と同じように開閉はするし外にも出られるけど、村人が北側の川を渡ることをポルック村では許可していない。基本的に誰であっても絶対に渡河だけはさせない。

唯一の渡河方法である、取り外し可能な仮設の橋を使って向こう岸に行けるのは守護者であるお父さんと、同じくらい強いお母さんだけで、その場合も村の近くに来た『はぐれ』を倒しに行くときくらいだった。

だから、狩りに行くのは大森林とは正反対の方角にある、村から徒歩で約二時間の南東の森。棲んでいるのも大森林からの魔物ではなく、辺境都市周辺から追いやられてきたような比較的弱い魔物なんだって。

でも魔物がそのくらいの強さなら狩りの対象となる獣も十分にいる。でも、いくら弱いとはいっても戦闘系のスキルがないとさすがに魔物の相手は厳しい。だから村で狩りが許可されているのは戦闘系のスキルを持っている人だけ。そのかわり、狩ってきた獲物は村全体で分け合うという約束事がポルック村では決められているんだ。

「たくさん狩って、みんなにお肉配れるといいね」

「そうだな。前回のサムス班も、前々回のシェリル班も成果はあまり芳しくなかったからなぁ」

村の守護者であるお父さんは本来であればずっと村にいなくちゃいけなくて、なんかあった時のために備えていることが多いんだけど、村の狩りを担当する人たちの成果が何度か続けて上がらなかったときは、狩りをする人たちを全員村の警護に残して、代わりに狩りに行くことができる。

これはお父さんの特殊技能にある【気配探知】が、狩りをするのにこの上もなく有効だからなんだ。村での自給自足は最近でこそようやくなんとかなってきたけど、最初の頃はとても全員が食べていけるだけのものは調達できなかったんだって。それを補ってきたのがお父さんの特殊スキルの【気配探知】。これは周囲の生き物の気配を見つけられるというスキルで、村に近づく魔物をいち早く探知して守りの態勢を整えたり、狩りでも獣や魔物を素早く見つけたり、逃げる獲物を追跡したりできる。それにお父さんは戦闘系スキルのレベルも高いから、狩りの成功率も上がるし効率がいいらしい。

そうして狩った肉や採取した物を食料として村に提供して、魔物の素材などで売れるものはフロンティスまで売りに行って、その代金で足りない食料を買ってきたりして村のみんなが飢えないようにしていたみたい。

村のみんなはお父さんがいなかったら、このポルック村がここまで村として形になることはまず有り得なかったっていつも言ってくれるので僕も嬉しい。でもお父さんは村で村長さんになったりはしないんだ。

お父さんとお母さんは、種族間の差別や階級の格差がなくて、みんなが等しく仲良く暮らせる家族のような村を作るのが夢なんだって。

だから、自分たちは守護者という立場だけにおさまって、村長さんは他の人にやってもらうほうがいいみたい。それがどうしてみんな仲良くすることになるのかはよくわからなかったけど、権力っていうのをひとつに集めるとろくなことがないんだって。

でも、お父さんはポルック村こそが自分たちが目指した人種の壁のない場所なんだってとっても嬉しそうだった。

「さあ、着いたぞ。ここからは油断するな」

「はい」

お父さんと他愛もない話をしながら早足でたどり着いた『狩人の森』の入り口。

森に入るとなるべく静かにしないといけないから、事前にできる注意はいまのうちにしておくらしい。頭に叩き込んでおかないと獲物に逃げられちゃうかもしれないので、ちゃんと聞かなきゃいけない。

「なにかあれば、まずは手で合図をする。ちゃんと合図は覚えているな」

僕は頷く。森の中で声を出さずとも意思疎通ができるように、いくつかのハンドサインを村で決めていて、そのサインを完璧に覚えることが狩りに連れていってもらう最低条件だったから必死に覚えたんだ。

「ま、とはいっても今日は訓練だから、そこまで神経質になる必要はない。わからないことがあれば遠慮なく聞け」

「はい」

僕が返事をするとお父さんは行くぞと声をかけて森へと入っていく。凄い！　草とかいっぱい生えてるところに入っていくのにほとんど音がしない。僕にはまだそんな動きは無理だけどなるべく音を立てないことと、遅れないことだけを気をつけて後ろに続く。

しばらく森の中を歩くと、前を行くお父さんがハンドサインで『止まれ』と合図を出した。お父さんが足元を指差しているのを見て近づいて覗（のぞ）き込む。するとそこの地面には小さな窪（くぼ）みがあった。

「わかるか？　これは鹿の足跡だ。しかもその脇に落ちている糞はまだ新しい。つまりまだこの辺にいるってことだ。ここから先はお前が追ってみろ。私の【気配探知】がすでにその鹿は捕捉しているから失敗しても逃がすことはないからな」

抑えた声のお父さんに向かってはっきりと頷きを返すと、地面の足跡を追って歩き出す。できる限り気配を消し、鹿の残した僅（わず）かな痕跡を探していく。知識としてはいろいろ教えてもらっていたけど実際にやるのは初めてだったので、随分と手間取ってしまった。

でも、慎重に足跡を追いかけて十分ほど森の中を進むと、木の陰から鹿と思（おぼ）しき獣のお尻が出ているのを見つけた。

（やった！　みつけた！）

内心で快哉（かいさい）を上げ、声を出したいのを我慢して、後ろからついてきているお父さんに獲物を見つけたときのサインを出す。

するとお父さんの大きな手がよくやったと言わんばかりに頭を撫(な)でてくれる。お父さんは静かに一歩前に出ると、持っていた槍を構えてなんの躊躇(ちゅうちょ)もなく投擲(とうてき)した。

投げられた槍は狭い木々の間を綺麗に抜けて鹿の腰骨辺りに突き立った。あそこに当たったら、たぶん腰骨が砕けているので、息があっても逃げ出すことはできない。下半身しか見えてない状況で中途半端に攻撃しても、後ろ脚に傷を与えただけでは逃げられる可能性がある。ちゃんとダメージを与えていればいずれは力尽きるので仕留められるけど、手負いの獣が森を走り回るだけで、他の獲物は警戒心を強めてしまうから本来はよくないらしい。だから、可能なら頭や首を狙う。それが無理ならなるべく移動力を奪う攻撃を選択するんだと教えてもらった。

「よし、いくぞ。解体のおさらいだ」

お父さんは【剣術】をメインにしていたときは弓を使って狩りをしていたみたいだけど、スキルトレードで槍がメインになってからは、槍を投げたほうが正確で仕留めやすくなったみたいでいまは弓を使っていない。射程距離の問題はあるみたいだけど、【気配探知】で先に相手を見つけられる上に、森を歩く技術に長(た)けたお父さんなら比較的簡単に投げ槍の有効射程に入れるらしい。

「あ、結構大きい。やったねお父さん」

仕留めた鹿の所に行くと、鹿は既に動かなくなっていた。ちょっと可哀相だけど、僕たちが生きていくためには仕方がないと僕だってわかる。だから感謝の気持ちを忘れずになるべく無駄なく利用してあげるのが礼儀だって狩人の人たちはみんな言っている。僕もそう思う。

そして、そのために綺麗な解体は絶対に必要な技術だと思う。これまでも村で家畜を解体する時とかには必ず一緒に見学させてもらってきたから、僕にもレベルは1だけど【解体】スキルがある。

それを使ってなるべく丁寧に仕留めた鹿の血抜きや解体をしていく。サイズ的には大物の部類だから、これ一頭だけでも十分な成果かな。これだけあれば村の各家庭にそれなりの量のお肉が回る。早々に最低限のノルマが果たせてちょっと一安心。

「よし、【解体】を持っているだけあって、しっかりとできているな」

お父さんは僕の手際を褒めながらも、解体の終わった肉や毛皮を腰に付けたアイテムバッグの中に入れていく。これはお父さんが冒険者時代に迷宮で見つけたもので、およそ千キログくらい収納できるらしい。

この世界の重さの単位は一律『キログ』。お父さんの体重が約九〇キログくらいだから、千キログだと大きなお父さんを十人以上も収納できるんだ。凄いよね、僕も欲しくてお父さんにお願いしているんだけど、そう簡単に手に入るものじゃないんだって。

しかも、お父さんのはウエストポーチ型。このサイズのバッグで千キログの収納力はかなり珍しいものみたいで、お父さんは愛用の武器よりも大事にしている。

「いいなぁ、アイテムバッグ。僕も迷宮に入れば見つけられるかな？」

「なかなか難しいだろうな。買うにしてもバカ高いだろうし。……よし！　じゃあこうしよう。いつか、リューがこの村を出て冒険者になるときに父さんのアイテムバッグを貸してやる」

「本当に！」

「おっと大きな声を出すな。それに勘違いするなよ、貸すだけだ。そのあと自分の力で自分のアイテムバッグを手に入れたら俺に返しに来てくれ」

「うん、わかった。約束する」

「ははは、とうとう約束しちまったな。さ、それよりも解体は終わりだ。次に行こう。どうやらこの先に仕掛けておいた罠に何かが掛かっているみたいだから先に確認しておこう。他の獣や魔物に食われてしまう前にな」

「はい」

お父さんに案内されて五分ほど森を歩くと、なにかが木の上からぶら下がって『きゅいきゅい』と鳴いていた。

「お、これはついてるな」

「角耳兎の子供だ。こいつは魔物だが肉は柔らかくて旨いんだ」

狩り班が使う罠はロープを使ったもので、罠を仕掛けた場所に獲物が入ると撓めた木の押さえが外れて、仕掛けられていたロープが木の反動で獲物の脚を締めつけて釣り上げるというもので、僕も仕掛け方は教わっている。

その罠に掛かり、ぶら下がっていたのはパッと見る限りはただの白い毛玉。木からぶら下がったロープに僕の頭と同じくらいの大きさの白い毛玉が揺れていた。

「お父さん角耳兎って、確か怒ると耳が角のように固くなって攻撃してくるんだよね」

「よく勉強しているな。あのくらいの子供だとそこまで危険ではないが、前歯は十分凶器になるし、動きは不規則で素早いから、戦うときは油断できない魔物だぞ」

「……うん」


『きゅいぃ、きゅいぃぃん』

ていうか鳴き声とか凄く可愛いんだけど本当に魔物なんだろうか。お父さんに言われたことを気に留めながら近づいてみると、確かに白い毛玉から小さな白い耳が二本飛び出ている。毛に紛れて目鼻口がよく見えなかったから耳に気を付けてそっと毛玉を回してみる。すると半回転したところで毛の隙間から真っ黒でまん丸な目がふたつうるうると僕を見つめていた。

うわ！　なにこれ……めちゃくちゃこの子、可愛いんだけど！　え？　食べるの？　この子を絞めて解体して？　さっきの鹿を容赦なく解体しておきながらムシがいいとは思うけど、これはちょっと……無理かもしれない。

「リュー、降ろすのはちょっと待て。お客さんが近づいてきてる」

「え？」

お父さんが槍を構えて周囲を探っている。お父さんの【気配探知】は目で見ているわけじゃないらしいけど、気配のするほうを向いていると精度が上がるみたい。

「驚いたな……いつの間に囲まれたんだか。リュー、姿が見えたら【鑑定】をしてくれ、もしかしたら気配を消すようなスキルを持っている敵かもしれない。もしそうなら、他の狩人たちのためにもここで確実に潰しておきたいからな」

「う……うん」

僕はまだ魔物と戦ったことがない。戦闘系スキルは持っているし、お父さんやお母さんと模擬戦は何度もしたけど、ちゃんと戦えるかどうか不安だ。

「落ち着け。基本的に戦闘は父さんがやる。お前は自分の身を守ることに専念すればいい。初めての戦いなんだからそれで充分だ」

「は、はい！」

ガサガサガサッ

僕の返事と同時に草が揺れ、僕たちの周囲に緑色の肌をした僕と同じくらいの大きさの魔物が現れた。ひとりは短剣を持っているみたいだけど、残りは森で拾ったのかまっすぐな枝を棍棒のように振りかざしている。

その数……四、いや五かな。すぐに【鑑定】を……

『ゴブリン　状態：健常　ＬＶ：７　技能：棒術１』
『ゴブリン　状態：健常　ＬＶ：６　技能：木工１』
『ゴブリン　状態：健常　ＬＶ：４　技能：なし』
『ゴブリン　状態：健常　ＬＶ：８　技能：棒術１』
『ゴブリンシーフ　状態：健常　ＬＶ：11　技能：短剣術１／隠密２／統率１』
【統率】味方に自らのスキルの効果を選択付与できる。ただし効果は減少する。

「お父さん！　後ろの短剣の奴が【短剣術】と【隠密】を持ってるよ！　しかも効果を仲間にもちょっとだけ与えるスキルも持っているみたい。レベルはそいつが11で残りは一桁だよ！」

「ほほう……そういうことか。俺の探知をどうやってかいくぐったのかと思ったら【隠密】と

【統率】を持っている奴がいたか。魔物では珍しいが、それだけに生かしておくわけにはいかないな」

お父さんの雰囲気が変わった。どうやらお父さんは【統率】というスキルを知っていたらしい。たぶんゴブリンたちは、ゴブリンシーフの【隠密】の恩恵に与りながら近づいてきて僕たちを包囲したんだ。

多少油断はしていたかもしれないけど、【気配探知】を持つ自分が直前まで気がつかなかったということを、お父さんは見過ごせない事実だと捉えたんだと思う。【気配探知】のない他の狩人たちだったら、知らない間に取り囲まれていたかもしれない。敵に気づいていない状態で直近から一斉に襲い掛かられたら、怪我だけじゃすまない可能性もある。そう考えると、遭遇したのがお父さんだったのはポルック村にとっては幸運だったかも。

「リュー、お前は槍を使え。無理に接近戦をしようとするなよ。落ち着いていつも通りやればいい」

「……はい！」

僕はお父さんと背中合わせになって、正面にいる二体のゴブリンに槍を向けた。お父さんならシーフと残りのゴブリンを僕のところまで通すことはない。

しかも、ゴブリンたちもお父さんのほうが手強いとわかっているみたいで、僕の前にいるのはレベルが4と6のゴブリンだ。幸いこいつらは戦闘系スキルを持っていない。これなら僕でも……

【ギャギャァァァァァァァァァァ！】

「ひ！」

そう思った途端に、背後からゴブリンシーフの叫び声が響く。その初めて聞く異様な声に思わず僕は怯んでしまう。だけど、その声はどうやらゴブリンたちに対する合図だったみたいで二体のゴブリンが僕に向かってくる。

と、とりあえず近づかせちゃ駄目だ！　そう思った僕は槍を大きく横薙ぎに振って二体を威嚇する。そうしたら、僕よりレベルの低い一体が慌てて下がってくれたので、いまのうちにと槍の穂先をレベル6に突き出す。

ゴブリンは持っていた棍棒で防御するが、全然動きが鈍い。これが戦闘系スキルを持っていないということなのか。これなら！

一撃目はかろうじて棍棒で防がれちゃったけど、レベル6ゴブリンは体勢を崩している。僕はすぐさま槍を引いて二撃目を突く。今度は僕の突きがゴブリンの右肩に入る。本当は胸か腹を突こうと思っていたのにちょっと躊躇してしまった。その上、初めて体験する、槍が生き物の体に刺さった感触に、柄から手を離しそうになってしまう。

「リュー！」

はっ！　そうだった！　お父さんの厳しい声に、いつも言われていたことを思い出す。自分の命を狙う者に対しては容赦をしてはいけない。相手の生死を考えるのは自分が相手よりも圧倒的に強いときか、完全な勝利が確定した後！

僕は意識を切り替え、柄を握り直すと引き抜いた槍でゴブリンの側頭部を殴る。そして視界の端で僕に襲い掛かろうとしているレベル4ゴブリンに向き直り、今度こそ躊躇なく突きをゴブリンの腹に叩き込んだ。僕の攻撃を受けたゴブリンはギギと僅かに呻いて力尽きたみたいだ。

僕は肩を上下させながら大きく息を吐く。でもまだ戦いは終わってない。すぐに槍を抜いて周囲を確認すると、すでにお父さんは【棒術】持ちゴブリン二体を倒していた。さすがお父さんだ。……あれ？　まだお父さんは緊張を解いていない……そうか、まだゴブリンシーフがいる！

「気をつけろリュー！　奴は【隠密】を全開にして近くに潜んでいる。俺の探知でも微かにしか気配が読めない。動けばわかるんだが……あいつの【隠密】のレベルはわかるかリュー」

「う、うん。確か2だった」

「よっぽど隠れるのが好きな個体なんだな。ゴブリン程度の魔物でスキルの練度がそこまで上がることなんてほとんどないんだがな。リュー、父さんから離れるなよ」

僕は緊張で乾いた唇を震わせて頷くと槍を左右の手で交互に持ち、空いた手の平の汗を服で拭いながらお父さんの背中を守る。守るなんておこがましいけど、一瞬だけ僕が相手の注意を引きつければお父さんならなんとかしてくれる。

「……」

「……」

重苦しい空気が流れる。ゴブリンシーフも動けば殺られると思っているのかもしれない。お父さんはこの空気の中でもまったく動じた様子はないけど、僕のほうは極度の緊張感でなにもしていないのに呼吸が荒くなってきて息苦しい。

『きゅきゅ～!!』

そんな膠着した空気を切り裂いたのは罠に掛かってぶらさがっていた角耳兎の悲鳴だった。

「あぁ！」

っと思ったときには動き出していた。

「リュー！　動くな！」

僕が見てしまったのは、僕がとどめを刺し損ねて放置した形になっていたゴブリンが、ふらつく身体のまま角耳兎に近づいて、今まさに食べようとしている光景だった。

「うあああ！　その子を食べるなぁ!!」

僕は無我夢中で走りながら槍を振り回してゴブリンを追い払おうとする。あとで思えばせっかくの【槍術1】をまったく生かしていない無謀な動きだったけど、僕の槍はなんとか間に合ってゴブリンの脇腹を打ち据えて弾き飛ばすことに成功した。


『きゅきゅん！』


「窮屈だろうけど、しばらくここに入ってて」

可愛らしく鳴く角耳兎のロープを槍の穂先で斬ると、いったん槍を置いて胸元から服の中に入れる。毛玉がモフっとしてるだけで、実際の体の大きさは僕の両手に収まるくらいのサイズなので充分収まる。


「危ないリュー!!」

懐に角耳兎を入れてホッとした瞬間に、お父さんの警告。慌てて前を見るといつの間に近づかれたのかゴブリンシーフが目の前で短剣を構えていた。

「うあわ！」

槍は置いたままなので、僕の手には武器がない。腰に剣があるけど抜いている暇はない。どうする？　いや！　大丈夫だ、ほんのちょっと時間を稼げばお父さんがなんとかしてくれる。それなら！　僕はイチかバチか退がるのでも避けるのでもなくゴブリンシーフの腰に向かってタックルをしていた。

ギギィ！

もんどりうって倒れ込みながら、ふと閃いた。あれ？　これってできるかも。
ひんやりとしてざらついた感触に鳥肌が立つようなゴブリンシーフの肌に触れながら漠然と思った僕は半ば無意識にそれを実行していた。

【技能交換】
対象指定「統率1」
交換指定「掃除1」
【成功】

やった！　もう一回。

【技能交換】
対象指定「隠密2」
交換指定「裁縫1」
【失敗】

失敗した！　そうか「対象」のレベルが上だと成功率が下がるんだった。それなら、こっちでもう一回。

【技能交換】
対象指定「隠密2」
交換指定「採取2」
【成功】

うまくいった。これでもうお前は隠れられない。僕を殺したってお前はもう逃げられない。お父さんの探知から逃れることができないんだから。
「リュー！」

ザシュ！

お父さんの声が近くで聞こえると同時に鈍い音がした。すると抱え込んでいたゴブリンシーフが、びくんっ！　と震え、その体から力が抜けていった。

「大丈夫かリュー。今治療するからじっとしていろ」

お父さんが僕をゴブリンシーフから引き離してうつ伏せに抱きかかえる。そのまま腰のアイテムバッグから何かを取り出すと僕の背中にかけてくれた。

「冷たい……」

「我慢しろ、無茶をしおって。幸い短剣がかすったくらいで傷は深くない。ポーションを使ったからこの程度ならすぐに治るだろう」

「うん、ありがとうお父さん。薬高いのにごめんね」

ポーションは街でしか買えないし、とても高いって聞いていたので、僕のせいで使わせてしまったのは申し訳ない。

「馬鹿だな。こういうときのために買ってあるんだ」

「うん」

「よし、ちょっと待ってろ。もう一体にとどめを刺してくる」

「あ！　お父さん……それ、僕がやってもいいかな？」

「……構わんが無理しなくてもいいんだぞ」

「ううん。無理じゃないよ。そいつは本当は僕が一撃目で倒せていたはずなんだ。僕が躊躇して倒せなかったからこんなことになっちゃったんだ」

　お父さんは黙って僕を見ていたけど、やがて頷いてくれた。でも、本当はいま言った理由は嘘じゃないけど、すべてでもなかった。僕はどうしても、もう一回【技能交換】を試してみたかったんだ。

　死んでしまったゴブリンシーフの【短剣術】には【技能交換】は使えなかった。たぶん生きている相手じゃないと使えないということなんだと思う。お父さんの手を借りて立ち上がると、ちょっと背中が引き攣るような感じがあるから、たぶんそこが傷のあったところなんだと思うけど、興奮状態にあったせいかほとんど痛みはなかったし、もう治りかけみたいだから問題はなさそうだ。

　ちょっと離れたところで気を失っているゴブリンのもとへ到着すると、腰の剣を抜いてその首筋に刃を当てながら左手を胸に置いた。

【技能交換】
対象指定　「木工1」

交換指定　「裁縫１」

【成功】

できた！　たぶんゴブリンたちが持っていた棍棒はこいつが森の木を加工したものだったんだと思う。【木工】スキルがあれば、村の皆にいろいろ作ってあげられる。今回ポーションを使わせてしまったぶんくらいは皆の役に立ちたい。

その前に、ちゃんとやることはやらないといけない。今度は躊躇せずに右手の剣を引いてゴブリンにとどめを刺す。

「終わったよ、お父さん」

立ち上がって振り返った僕の頭をお父さんは優しく撫でてくれた。

名前：リューマ
状態：やや疲労
ＬＶ：６（ＵＰ↑）
称号：わらしべ初心者（Ｎｅｗ！）
年齢：８歳
種族：人族

技能：剣術1／槍術1／料理1／手当て1／解体1／統率1（New！）／隠密2（New！）／木工1（New！）
特殊技能：鑑定
固有技能：技能交換
才覚：早熟／目利き

「怪我は大丈夫か、リュー」

「うん、大丈夫」

ゴブリンの死体を検分しながらお父さんが聞いてきたので、確認のために体を捻ったり跳んだりしてみたけど痛みはないので大丈夫だと思う。

「そうか。今日はこの辺で切り上げることにするが、無理はするなよ」

「うん、わかった。ごめんねお父さん。僕のせいで狩りが中途半端になって……」

「なぁに、構わんさ。さっきの鹿だけで成果は十分だからな……それに、厄介な魔物を早々に処分できたのは本当によかったよ。だが、やっぱりゴブリンは実入りが少ないな」

お父さんはゴブリンシーフが持っていた短剣を手に取り、それを使ってゴブリンの死体の胸の辺りを裂いている。魔物の心臓は死ぬと結晶化して魔晶と呼ばれる宝石のようなものになるんだって。もっともゴブリンくらいの魔物だと魔晶化しても小さすぎて売り物にはならないことがほとんどらしいけど。

魔晶は加工すると魔法を使うときの触媒になったり、魔晶製のアイテムの動力源になったりするんだけど、使える素材のない魔物の場合は魔晶が売り物にならないと倒しても全然お金にならないみたい。

「リュー、これが魔晶だ。覚えておけ」

全部のゴブリンの検分を終えたお父さんが、手の平に乗せた黒と紫の中間くらいの色で透き通っている小石を見せてくれた。

「ゴブリンシーフから取れたものだ。他の個体のは売り物にならないな」

そう言うとお父さんは、もう一方の手を開いて中のものを見せてくれた。そこにはさっきの魔晶の五分の一もないような小さな魔晶四個がころころしていた。

「このサイズだと、内蔵魔力も極小だし、使い道がない」

でも、見栄えはあんまりよくないけど、透き通った石として見ればなかなか綺麗かもしれない。

「お父さん。それ、僕が貰ってもいいかな？」

「ああ、構わんぞ。初めての狩りの記念にでもするがいい」

「うん、ありがとう」

お父さんから魔晶を受け取った僕は、汗拭き用の布をポケットから取り出して魔晶を挟むと大事にポケットにしまい直す。せっかく【木工】スキルを手に入れたんだから、帰ったらなにか作ってこの魔晶で飾り付けをしよう。お母さんやリミにプレゼントしてあげたら喜んでもらえるよね。

「それよりもリュー。懐に入れた角耳兎は大丈夫なのか？」

「あ、そうだった」

「まだ、子供で可愛く見えても角耳兎は魔物だ。無防備に懐なんかに入れるものじゃない。腹を食い破られても文句は言えないからな」

お父さんの声がちょっと険しい。歴戦の冒険者としてたくさんの生死を見てきたお父さんの言葉はずしんと響く。なんとなく大丈夫な気がしてとっさに懐にかばってしまったけど、懐に入れた途端に硬くした耳で腹を突かれたりする可能性も当然考えなきゃいけなかった。とりあえず懐にあるあったかい感触は暴れる様子はない。胸元から手を入れて、そっと毛玉を取り出してみる。

『きゅきゅ〜ん、きゅきゅ』

取り出した毛玉は甘えた声を出しながら僕の胸に擦り寄ってくる。うわぁ……可愛すぎる！

「ほう……子供とはいえ魔物がこれだけ人に懐くとはな。リュー、ちょっと自分のステータスを確認してみろ」
　お父さんに言われるがままに鑑定をしてみる。

名前：リューマ
状態：やや疲労
ＬＶ：６
称号：わらしべ初心者
年齢：８歳
種族：人族
技能：剣術１／槍術１／統率１／隠密２／木工１／料理１／手当て１／解体１／調教１（Ｎｅｗ！）
特殊技能：鑑定
固有技能：技能交換
才覚：早熟／目利き

「あ……【調教】スキルを覚えてる」
「やはりな。今度は角耳兎を見てみろ」

名前：――――（従魔）♀
状態：健常
ＬＶ：１
称号：リューマのペット（主人の近くにいる時に愛嬌レベルに＋１補正）
種族：角耳兎
技能：愛嬌２（＋１補正）
主人：リューマ

「あ、僕の従魔になってるよお父さん！」

「よかったなリュー。【調教】はなかなか取りにくいスキルだぞ、大事にするといい。あとは……おお！　いた」

　お父さんは周囲の木の上を見回してなにかを見つけたらしい。たぶん【気配探知】を使ったのだろう。

「よっと……こいつをポーションの瓶に詰めて」

　お父さんは木の上にいた何かを槍でつついて落とすと、さっき僕に使ったポーションの瓶に入れている。あれってもしかして……

「スライム？」

「ああ、そうだ。スライムは弱すぎて従魔にしようと思うようなテイマーはいない。しかも知能が低すぎて従魔になりにくいんだ。だが、こいつを飼育しながら【調教】しようとすることで上げにくい【調教】スキルの練度を上げられるんだ」

そっか、基本的に魔物は襲ってくるから、【調教】スキルを上げるためにたくさんの魔物にスキルを試すのは危険だもんね。でもスライムなら、小さい上に弱いから子供でも危険はない。それに従魔になりにくいから何度でもスキルを試すことができるんだ。

「ほら、これを持って帰って練習に使え。あとは、ちゃんとその兎に名前をつけてやるんだ」

「うん！　わかった」

名前か……どうしようかな。なにかに名前をつけるのなんて初めてだし。せっかくこんなに可愛いんだから、それにお似合いの名前がいいよね。白くてふわふわでもふもふだから……

「決めた！　お前の名前は『モフ』だ！　これからよろしくねモフ」

『きゅきゅ～ん！』

僕がつけた名前を気に入ってくれたのか、嬉しそうな鳴き声をあげたモフはぴょんぴょんと僕の身体をよじ登って肩の上まで来ると僕の首筋にすりすりと体を寄せてくる。

「あははは！　くすぐったいよモフ。そこが気に入ったの？　じゃあ落ちないように気をつけるんだよ」

『きゅん！』

こうして僕は初めての狩りで獲物は獲れなかったけど可愛い友達ができた。

第二章　転生→スライム

「リューマ！　気をつけるのよ！　リミちゃんと仲良くね！」

「はーい！」

『きゅきゅん！』

「いくよ、モフ！」

剣を持って槍(やり)を背負いながら家を飛び出す僕は、声をかけてくれたお母さんに元気よく返事をすると、ひと跳びで僕の前に飛び出したモフの後ろ姿を追いかける。この二年で僕も大きくなったけど、モフもかなり大きくなった。

最初の頃のように僕の肩の上に乗るのはもう厳しくなってしまったけど、今でも横になると首筋辺りに寄ってくる。僕も寝る時はそこにモフの柔らかい感触がないと落ち着かなくなっちゃっている。

僕とモフは本当にいつも一緒で、村の人たちも最初こそ僕が魔物を連れて帰ったことに動揺していたけど、モフの愛らしさを日々見せつけられたせいで、いまでは皆モフのことを受け入れて村のマスコット的存在になっている。

狩りにはあれからもお父さんと何回か行ったけど、あの時のように魔物と出くわすことはなく、罠（わな）にかかっている獲物もちゃんとした獣だけだった。初めての狩りであんなことがあったのは珍しいことだったみたい。もちろんお父さんが魔物の気配を探知して避けてくれていたんだと思うけど。モフとはいつも一緒なので、当然狩りにも同行させている。その際には小動物をモフが仕留めてくることもあって、そのせいかどうかわからないけどモフのレベルも少し上がっていた。

名前：モフ（従魔）♀
状態：健常
LV：3
称号：リューマのペット
種族：角耳兎（つのみみうさぎ）
技能：愛嬌（あいきょう）3（+1補正）　跳躍2　毛艶（けづや）2
主人：リューマ

当初は【愛嬌】しかなかったスキルも、兎らしく【跳躍】のスキルを覚えていた。あとは僕

がモフの毛並みを維持するために念入りに毛の手入れをしていたせいか、【毛艶】なんてスキルを覚えていて、最近は僕が手入れをしなくてもいつでもふわふわもふもふ状態だった。

ちなみに十歳になった僕のステータスは、

名前：リューマ
状態：健常
ＬＶ：８
称号：わらしべ初心者（熟練度が同じスキルのトレード率が85％。以降対象レベルが１上がるごとに成功率２分の１）
年齢：10歳
種族：人族
技能：剣術２／槍術（そうじゅつ）２／隠密２／統率１／木工２／料理１／手当て１／解体１／調教２／掃除２／採取１／裁縫１
特殊技能：鑑定
固有技能：技能交換（スキルトレード）
才覚：早熟／目利き（めき）

こんな感じ。半年くらい前にやっと【槍術】がレベル2に、十日くらい前に【剣術】もやっとレベル2になった。あとは村のみんなのために家具とかを作ってあげてたら【木工】レベルも上がった。瓶詰のスライムも枕元に置いて、毎晩寝るぎりぎりまで【調教】を使っていたら二日前の朝にレベル2になっていた。ちなみにスライムは未(いま)だにテイムできない。これだけやってダメだと本当にテイムできるのかどうか疑わしくなるよ。スキルは上がったから別にテイムできなくても構わないんだけどさ。

新規としては、トレードで失っていた【掃除】【採取】【裁縫】を再取得しておいた。またいつ必要になるかわからないので交換用に覚えておいたほうがいいかなと思ったから……と言いたいところだけど、生活系のスキルはいきなりなくなると凄(すご)い不便なんだ。だからちょっと頑張ってお手伝いをして再取得した。

でも、最初に覚えたときは結構かかったんだけど再取得は意外と早かった。たしか一カ月もかからないくらいだったかな？　これも【早熟】のおかげかもね。

「おお！　モフちゃん！　今日も可愛いねぇ、ほらこれをお食べ」

『きゅん！』

「ありがとう、ネルおばあちゃん！」

村の中を走っていると軒先で日向(ひなた)ぼっこをしていたネルおばあちゃんが、人参の切れ端をモフの鼻先に投げてくれた。ネルおばあちゃんが座っている揺り椅子は僕が【木工】スキルで作ったものだ。

今みたいに通りすがりにいろいろモフにくれるのは、実はいつものことなのでモフは慌てた様子もなく、跳躍して空中で人参をキャッチする。

「リュー坊は今日はどこに行くんだい？」

「今日は、リミと川の仕掛けを回収に行くんだ」

「おお、そうかい。それは楽しみだ。たくさん獲ってきておくれ」

「うん！」

今日はこれからリミと合流して、川に行く。ネルおばあちゃんは魚、特にウナギが好きなのでちゃんと掛かってたら届けてあげよう。

ネルおばあちゃんに手を振って別れると、リミと待ち合わせをしている北門に向かって走る。その後も何人かにモフが餌付けされつつ、一言二言交わしながら行くと北門が見えてきた。ポルック村も僕が小さい頃に比べると倍くらいに広くなっているらしいので大きくなったんだなあと思う。

北門前にはワンピースのような服を着て大きな籠を抱えたリミが耳と尻尾をぴくぴくと震わせていた。あ、少し遅くなっちゃったからちょっと機嫌が悪いらしい。いまは不機嫌そうに頬が膨らんでいるけど、最近のリミは背も伸びてとても可愛くなってきたと思う。僕はいつも一緒にいるから正確に評価できていないかもだけど、十人とすれ違ったら七、八人は振り返るくらいかなぁと思ってる。


「りゅーちゃん！　遅いぞ」

「ごめんリミ。またモフが餌付けされてて遅くなっちゃった」

「こ～ら！　モフちゃんのせいにしないの！　モフちゃんがそうなるのはわかっているんだから、そのぶん早く出ればいいでしょ」

「あれ？　この前はこれで誤魔化せたのにな」

「あ～！　ひどい！　やっぱりこの間のも嘘だったのね！」

「あははは！　ごめん、ごめん。次からはちゃんと遅れないようにするから」

「もう！　りゅーちゃんてば」

そう言ってぷいっと顔を背けるリミの胸元には僕が作ってあげた木彫りのペンダントがかけられている。【木工】を得てから作った、ジェミナという花を模したものだ。ジェミナは必ずふたつの花がセットで咲くという綺麗な花で、木彫りも半分重なり合ったふたつの花の意匠である。そして、それぞれの花の中央にお父さんから貰ったゴブリンの魔晶をはめ込んでいる。

リミはとっても気に入ってくれたみたいで、プレゼントした日からそのペンダントをしていない姿を見たことは一度もない。そこまで気に入ってもらえるのは作った人間としてもとても嬉しい。

「さ、早く行こう。リミの好きな魚が待っているよ」

リミの手から籠を受け取ると、片手で抱えてもう片方の手でリミの手を取る。

「にゃ！　う、うん！　早く行こう、りゅーちゃん！」

うん、相変わらず魚が絡むとリミはちょろい……ん？　なんだかリミの可愛さが増した気がする。今なら十人中九人くらいは振り返るかもしれない。


北門の詰所には他の門に比べて二倍の人員が配置されている。見張り櫓の人数も二倍で、しかもここには目のいい種族か、【遠目】や【夜目】などの視力に補正のかかるスキルを持つ人しか配置されない。北側は魔境のある方角なので、どうしても警戒を強くしなくちゃならないから。でもそれだけの備えをしているからこそ、逆に北にある川くらいまでの場所なら村人たちも安心して出かけることができる。

下流の浅瀬辺りは天気がいいと、散歩がてら洗濯に来る女の人たちで賑わうくらいなんだ。でも僕たちが今日行くのは下流じゃなくて、むしろ上流のほうなんだけどね。

僕たちは今日の北門詰所当番のダイチさんに行き先を告げて北門を出ると、川沿いを上流に向けて歩く。

「りゅーちゃん。お魚獲れてるかなぁ」

「どうかな？　獲れているといいね」

「うん！」

天気もいいし、手を繋いだまま川沿いをこうしてリミと歩くのはそれだけで結構楽しい。僕としては、魚が獲れてなかったとしても、それならそれで構わないかなと思ってしまう。

ただ、魚が獲れるとリミが喜んでくれるし、モフも見た目は兎だけど肉も魚も好きだから、そう考えるとやっぱり獲れていてほしい。そのまま他愛もない話をしながら川沿いを十分も歩くと、仕掛けを沈めた場所の目印の棒が見えてくる。

「モフ、周囲に魔物とかいないかどうか見てきてもらえる？」

『きゅん！』

この辺は森というほどではないけど、それなりに木々があって視界がいいわけじゃないから、一応注意しておかないといけない。モフなら鼻も利くし、森や草原といった場所が得意なうえに身軽だから偵察にはもってこいなんだよね。モフに周辺を一回りしてもらっておけば、この辺でゆっくりしていても問題はない。

「一応、モフが戻ってきてから作業を始めようか。途中で襲われたりしたらせっかくの魚を置いて逃げなきゃいけないかもしれないからね」

「うん！」

僕は川岸の柔らかい草の上に腰を下ろすと、リミに隣をすすめた。

リミは嬉しそうに微笑んで耳と尻尾を揺らすと、いそいそと僕の隣に座る。その座り方がいつの間にか女の子座りになっているのを見て、なんだかちょっと不思議な気持ちになる。ちょっと前まで普通に膝を立てて座って、下着とか丸見えでも気にしなかったんだけどな。

「いい天気だね。りゅーちゃん」

「うん、風も気持ちいいし、なんだか眠くなっちゃうね」

「あ！　じゃあ、リミの足貸してあげるから、ちょっと横になる？」

「え……じゃ、じゃあせっかくだからお願いしようかな」

ちょっと顔を赤くしながら自分の太ももをぽんぽんと叩くリミにちょっとドキッとしながらも、せっかくなので申し出を受けることにした。背負った槍と、腰の剣を外して手の届く範囲に置くと、リミの太ももに頭をのせた。その想像以上の柔らかさにほっとしたものを感じながら見上げると、膨らみかけの胸の向こうに僕の頭を撫でながら微笑むリミがいる。

「風が気持ちいいね。りゅーちゃん」

「うん、いい枕もあるし、このまま寝ちゃいそうだよ」

「えへへ、嬉しいな。この枕はりゅーちゃん専用だからね」

「そっか、ありがとうリミ」

「うん！」

嬉しそうなリミの声を聞きながら目を閉じると、川のせせらぎと、風にそよぐ木の葉のさざめきがよく聞こえる。こんなに穏やかなのに、この川の向こうには魔境がある。僕たちは常にその影におびえて暮らしている。いつか魔境をなくすことができれば、ポルック村はもっとずっといい村になるのに……

そんなことを考えていたら、いつの間にか僕の頭を撫でていたリミの手が止まっていた。どうしたのかなと思って目を開けると、そこには不安げな顔をしているリミがいた。

「リミ……？」

「ねぇ……りゅーちゃん？」

僕を呼ぶリミの視線は僕じゃなくて、別の所を見ている。その視線をなんとなく追うと、リミは僕の槍と剣を見ていた。

「りゅーちゃんは冒険者になりたいんだよね？」

「え？　……う、うん。お父さんたちみたいな凄い冒険者になるのが僕の夢だから」

「そう……だよね」

悲しげな声を漏らすリミにちょっと心が痛む。僕がいつかポルック村から旅立ってしまったら、リミはひとりになってしまう。もちろんリミのお父さんもお母さんもいる。村の皆も家族みたいなものだ。それでも僕が逆の立場だったら同じようにひとりになったと感じてしまうと思うから、きっとリミも同じように感じる気がする。でも僕は冒険者の夢を諦められない。だからリミに返してあげられる言葉がなかった。

「……うん！　じゃあ決めた！」

「え？　何を決めたのリミ」

「私の夢！　私も冒険者になる！」

名前：リミナルゼ
状態：健常
ＬＶ：３
称号：村の子供（なし）
年齢：９歳
種族：猫人族
技能：採取３／料理３／手当て２／裁縫１
特殊技能：一途（いちず）
才覚：魔術の才《潜在》

僕は突然のリミの宣言に、啞然としながらもリミのステータスを再確認していた。

リミ自身のレベルはまだ3だけどスキルの伸びがいい。僕も結構頑張っているけど未だにレベル2のスキルしかないのに対して、スキルの数こそ四つだが（これでも九歳としては破格の数だ）そのうちふたつがレベル3になっている。

勿論（もちろん）、これは一〇〇パーセントリミの努力の結果だと思うけど、リミの特殊スキルの恩恵もある気がする。リミの特殊スキルは【一途】。これは『強い想いを長く抱き続ければ早く高みに達する』というスキルらしい。だからといってすぐに効果が出るようなものじゃなくて、どうも効果が表れ始めるまで最低でも五年くらいは気持ちが持続してなければならないみたい。ここ最近のリミの伸びがいいのはこの条件を満たしてきているからかもしれない。

ということは、リミもずっと前から冒険者になりたいと思っていたということだろうか。それなら僕には止めることはできない。女の子だから危ないとか思わないこともないけど、僕のお母さんも立派な冒険者だったんだから、それを理由に止めるのはお母さんを否定しちゃうことになるからできればしたくない。

「……リミがどうしてもって言うなら僕は応援する。でも、ちゃんとおじさんとおばさんには許可をもらわないと駄目だよ」

「ほんと！　本当にリミも冒険者になっていいの、りゅーちゃん」

「え？　……僕だって冒険者になることを諦められないのに、リミにやめろなんて言えないよ」

「そっか……うん！　でもいまはいいか。大丈夫、これから時間をかけて、お父さんとお母さんをちゃんと説得するよ。だから明日……ううん、今日の夕方から私もガードンおじさんとマリシャおばさんの訓練を一緒に受けることにする！」

お父さんとお母さんの訓練は結構厳しいんだけどいいのかな。でも、それで音を上げるくらいなら始めから諦めのつく夢だったってことだから、それはそれでいいのかも。

「わかった。帰ったらお母さんたちに伝えておくから、夕方うちにおいで」

「うん！」


『きゅきゅん！』

っと、モフが戻ってきた。

……周りを見てくるだけなのに随分遅いと思ったら、野兎を狩ってきたらしい。硬くした二本の耳に兎が貫かれている。あぁもう、せっかくのモフの白い毛が血塗れだ。でも、素早い兎をあっさりと仕留めて帰ってくるあたりモフは凄い。

この周辺にはそんなに獣が多くないので、あんまり狩りには適していない。だから、この辺で狩った獣で小型のものは狩った人が持って帰っていいことになっている。つまりモフが狩った兎は僕たちが持って帰って食べてもいいんだ。これはモフを褒めてあげないといけない。

「モフ！　おいで」

『きゅん！　きゅん！』

後ろ髪を引かれつつリミの太ももから頭を起こしてモフを出迎えると、まず兎を耳から外して、剣で首筋を裂く。リミに兎の後ろ脚を持ってもらって血抜きを任せると、モフを川まで連れていって洗う。洗いながらたっぷりと撫でて褒めてあげた。こうするとモフは喜ぶんだよね。

その後、簡単に解体を済ませてから仕掛けを上げ、十匹ほどの魚と三匹のうなぎを手に入れてほくほく顔で村へと帰った。村の財産を管理して配分する管理所に獲れた魚とウナギを預けてくる。獲ってきた人の優先分として僕とリミで一匹ずつ魚を分けてもらって、あとはこの日の村人たちの希望とか過去の配分状況などを考えて魚たちは各家に配られていくことになる。管理所のレイミさんに手を振ってその場を後にすると、魚を手ににこにこ顔のリミといったん別れて家に帰る。

「ただいま～」

「おかえり、リューマ。どうだった？」

お母さんは家にいたみたいだ、声は台所からかな。魚とか渡さなきゃいけないから、ちょうどよかった。

「うん、大漁だったよ。はいこれ、大きいの一匹貰ってきたよ。あとモフが兎を狩ってくれたからこれも。半分はリミにあげちゃったけど」

「あらあら……モフちゃん、頑張ったわねぇ」

『きゅきゅ～』

お母さんは魚と兎を受け取りもせずにモフを抱き上げて頬ずりしている。なにげに僕の次にモフを溺愛(できあい)しているのはお母さんだったりする。僕は苦笑しながら魚をたらいに入れて水を張る。少しでも冷やしておかないと悪くなっちゃうからね。兎の肉は今日食べちゃうことになるだろうから、取りあえず吊るしておく。毛皮は後で洗浄したりしてから、加工しなきゃいけないので井戸の方に持っていって干しておく。


家に戻るともう一度台所に行って、魚をさばいているお母さんに今日のリミの話をする。

「そう、リミちゃんがそう言ったのね……まあでもようやくというか、いまさらというか」

「え?」

「わかったわ。ミランやデクスが最終的に認めるかどうかはわからないけど、女の子だって身を守るために戦えたほうがいいに決まってるわ。今日の夕方の訓練から一緒にやりなさい」

なんだか拍子抜けするほど簡単に許可が出てしまった。でも、お母さんの言うことはもっともだ。ポルック村にいる以上、常に魔物に襲われる危険はあると思っておかなきゃいけない。いざというときに戦闘系スキルをひとつ持っているか持っていないかは生死を分ける。そう教えてくれたのはお母さんだった。


結局、その日の夕方からリミは訓練に参加するようになった。ご両親の許可はまだみたいだけど、反対というわけではなく、これから努力をして冒険者としてやっていけるだけの最低限の力を身に付けることができたら反対はしないということみたい。

　夕方はお父さんによる剣の訓練。もう僕は基礎の段階は終えていて、最近はお父さんとの模擬戦に終始することが多かった。だから僕はひとりで素振りと型の確認で、お父さんはリミの指導にかかりきりだった。最初は九歳の女の子相手にデレデレしているお父さんにちょっとムッとしたけど、リミが想像以上に真面目な気持ちだということがわかると、お父さんも厳しく指導をしていた。

　リミの体格や獣人として身体能力を考慮して剣は一般的な片手剣を使うのではなく、小剣と呼ばれる普通の片手剣の半分くらいの長さの剣を両手に持って敏捷性を活かした戦い方を伸ばしていくみたいだった。あとは、後列からの攻撃手段として弓の訓練も並行して行うらしく、朝のお母さんの訓練では槍だけではなく、弓の練習もしていくことになった。

　村の生活は体が資本だったので、もともと基礎体力は備わっていたリミは、お父さんたちの熱血指導を受けてぐんぐんと実力をつけていった。ただ魔法に関しては、ポルック村にはお母さんがごく弱い【回復魔法】を使えるくらいで、他に魔法を使える人がいないため指導者がおらず、残念ながら【魔術の才】は潜在したままだった。

　リミが僕の両親から訓練を受けるようになってから半年くらいが過ぎた。

リミの上達ぶりを見守るのが楽しいらしい両親は、いまや僕のことはほったらかしでリミばかりを指導している。でもお父さんたちの直接的な指導が減ったからといって、それで僕が稽古をサボっているというわけじゃない。

リミの気が散らないように同じ場所は避けているけど、ちゃんとその時間帯は自分で課題を設けて訓練している。ただ、その時間の使い方は、いままでは朝は槍、夕方は剣だけに時間を割いていたのが、そのうちの半分くらいを【調教】とかの他のスキルの訓練に充てる日が増えてきた。

今日もそんな感じで夕方の訓練を終えて、リミを家まで送ってから、夕食をとり、身体を拭いてから部屋に戻った。

「今日も疲れたね、モフ」

『きゅん！』

モフは頭がいいのでおトイレとかもちゃんと決められたところでできるから、僕の部屋を居場所にしている。一応ベッドの脇にモフ用の布団が用意してあるんだけど、いつの間にか僕の首筋辺りで丸まっているからあんまり使ってないみたい。僕は布団に入ると、寝る前に日課になっている【調教】の練習をするために枕元に置いてあった瓶を手に取る。

これは初めての狩りの時にお父さんが捕まえてくれたスライムで、未だに【調教】できないので、僕の【調教】スキル上げに引き続き貢献してくれている。

世話も楽ちんで二日おきくらいに少量の水と、残飯をちょっとあげれば大丈夫。手に取っても攻撃手段がないから全然危なくない。スライムはどんな大きなものでも捕食できるらしいんだけど、相手が生きているとまず成功しない。

その理由は捕食の方法が触れた部分から徐々に全体を覆っていって、包み込めたら一気に消化できる、という方法みたいなんだけど、包み込んでいる最中に相手がちょっとでも動くと広げていた体が元に戻って最初からやり直しになっちゃうらしい。だから生き物なら心臓が動いているだけで、もう捕食されることはないんだって。

死体なら問題なく捕食できるみたいだけど、別に食べたいという欲求があるわけでもないから、自分たちで死体を探し回ることもないらしくて、大体その辺にある草とか石とか土を適当に捕食して生きている魔物がスライムなんだ。

そうやって毎日こうして顔？　を合わせているとスライムでも愛着が湧く。名前はいつか【調教】が成功した時につけようと思ってつけていないけど、僕の中ではすでに家族の一員になりつつあるかなぁ。もっとも知能が低すぎて、そんなことスライムにはわかっていないと思うけど。

そんなことを考えながらいつものように、眠くなるまでスライムに【調教】スキルを使ってから眠りに落ちた。

『よっしょあぁぁ！　これが異世界転生かぁ！　まずはとにかく状況の確認だよな』

　う、うん……なんかうるさいな。

『……っと、まだ体が動かないな。元々の体の持ち主への転生がちゃんとできていないのか？　ん？　……上書き中？　これが終わってないのか』

　ん？　……なんだろう。あ、あたまがい……いた、い。

『……となれば。転生終わったら、まずは記憶喪失を装って身の周りの環境を把握して、ステータスでチートがあるかどうか確認だろ。そっからどうやって最強目指すかを考えないとな。うあ、燃えるぜ！』

　ぐ……やめろ！　僕の頭の中で……わけのわからないことを、言うな！

『おっと……元の持ち主の声だ。それにしても……結構抵抗力あるなぁ。転生ものでいきなり抵抗されるとか珍しいけど、力関係は俺のほうが上っぽい。精神的な成熟度の違いか？　俺はもうすぐ十八だし、こいつはどう見繕っても十歳前後っしょ。経験値が違うってやつ？』

　なんだ……なんだ……やばい、やばい。僕が……消える。もしかしたらこれって何かの状態異常なのか？　か、鑑定を……

名前：リューマ

状態：魂の上書き中……
LV：8
称号：わらしべ初心者
年齢：10歳
種族：人族
技能：剣術2／槍術2／統率1／隠密2／木工2／料理1／手当て1／解体1／調教2／掃除2／採取1／裁縫1
特殊技能：鑑定　須崎龍馬(すざきりょうま)の魂（上書き中……）
固有技能：技能交換(スキルトレード)
才覚：早熟／目利き

なんだ？　なんだこれ！　……がぁ！　頭が……割れる！　イタイイタイイタイ！　く、くそ！　僕は……僕がリューマだ！　お前なんかに負けてたまるか！

『おお！　やるなぁ。この状態でまだこれだけ啖呵(たんか)切れるって、さすが今後の俺の体だぜ。だけど俺だってせっかくの異世界転生だ、譲るつもりはないぜ。お前の魂じゃ、いまの俺には敵(かな)わない。別に体が死ぬわけじゃないし、もしかしたら共存だってできるかもしれない。そんなことになったら仲良くやっていこうぜ』

うるさいうるさい！　おまえの魂がそこに表示されている以上……きっと！

僕は頭の痛みに朦朧(もうろう)としながら、眠る寸前まで持っていたあるものを探す。

どこだ……どこだ！　いつもはこの辺に……あ！　あった！　この冷たい感触、間違いない。

僕は見つけたスライムの瓶を開けると、躊躇(ためら)いなく指を突っ込んだ。このスライムが唯一(ゆいいつ)持っていたもの……うまくいってくれ！

【技能交換(スキルトレード)】
対象指定　「再生1」
交換指定　「須崎龍馬の魂」

【成功】


や、やった！

『な！　なんだってぇぇぇぇぇ！　なんだこれぇ！』

極度の疲労感に襲われ目の前が暗くなってくる……頭の痛みは治まっている。たぶん、なんとかなったはず……俺は震える手でスライムの瓶にかろうじて蓋(ふた)をすると、どこか遠くから響いてくる誰かの悲痛な叫びを聞きながら意識を手放した。

『きゅ～ん……きゅ～ん』

う……ん
「モフ……くすぐったい……」

『きゅん！　きゅん！　きゅん！』

どうしたんだろう、珍しくモフが興奮しているような気がする……今日は何かあったっけ？

……い、や……違う！　今日じゃなくて昨日だ！

意識がはっきりと覚醒した俺は、がばっと飛び起きると自分の体をべたべたと触る。

「特におかしなところは……ない、か」

俺は身体の確認が済むと軽く頭を振って目を閉じる。

「俺はポルック村で生まれたリューマ。父親はガードン。母親はマリシャ。幼馴染み（おさななじ）はリミナルゼ。夢は父さんや母さんのような凄い冒険者になること」

『きゅ～ん』

「おまえはモフ」

『きゅん♪』

嬉しそうに鳴くモフをしばし撫でまわして自分を落ち着かせてみる。ゆっくり息を吸って、吐く。

うん。大丈夫、ちゃんと記憶もあるし、俺は俺だと言い切れる。
……だとすると、昨日のは夢だったのかもしれないな。一応ステータスも確認しておこう。

名前：リューマ
状態：やや疲労
ＬＶ：８
称号：わらしべ初心者
年齢：10歳
種族：人族
技能：剣術２／槍術２／統率１／隠密２／木工２／料理１／手当て１／解体１／調教２／掃除２／採取１／裁縫１／再生１（Ｎｅｗ！）
特殊技能：鑑定／中二の知識（Ｎｅｗ！）
固有技能：技能交換
才覚：早熟／目利き

……やっぱり夢じゃなかった。俺のスライムが持っていたはずの【再生】を持っているし、見覚えのない特殊スキルが増えている。詳細を調べてみると『異世界において中二（もしくは厨二（ちゅうに）と呼ばれる者が持っている基礎知識』とある。

……確かに、昨日までは知らなかった不思議な国の光景が頭に浮かぶ。リューマとしての人生がラノベの世界と重なる。いろいろ知識を引き出そうとすると、次から次へといろんな情報が出てきて頭がおかしくなりそうだ。

くっ……とりあえず今は、そのあたりのことは考えないことにしよう。問題は……あった。

俺はいつの間にか床に転がっていた瓶を拾うと、蓋は開けずにこんこんと叩（たた）いてみる。中では薄緑色のスライムがぷるぷると震えている。いつも通りのスライムの姿だが、俺のステータスに【再生】スキルが加わっている以上昨日までのスライムであるはずがない。

名前：──
LV：1
称号：異世界の転生者（スキル熟練度上昇率大、異世界言語修得、＊＊＊＊）
　へたれ転生者（悪運にボーナス補正、生存率上昇）
年齢：－
種族：スライム
技能：－
特殊技能：－

才覚：―

　間違いない。やっぱり昨日の夜、俺に転生しようとしていた誰かがこのスライムの中にいる。

「……聞こえているよね。わかる範囲で構わないから説明してもらいたいんだけど」

『……』

「ちなみに、俺は【鑑定】スキル持ちだから。このスライムに変わった称号がふたつもついているのは知っている。あくまでしらを切りとおすつもりならスライムごと処分するからそのつもりで」

『だぁ！　待て待て！　わかった。わかったよ……別にシカトしようとしたわけじゃねぇ。こっちだっていろいろ混乱しているんだってことはわかるだろ』

　ぶるぶるとスライムの蠕動が激しくなる。その様子から焦っているのはわかるが、どうやって俺と意思疎通しているのかはわからない。どうも声によるものではないみたいだ。

「そっちの都合とか関係ないから。昨日乗っ取られかけた事実がある以上、そんな危険生物殺しておいたほうがいいというのが今のところの方針だからそのつもりで対応して」

　いまはっきりと思い出した昨日の夜のことは、トラウマになりかねないほどの恐怖として俺の中にある。自分が上書きされて消えていくというあの体験は、今でも震えがくるほどに怖かった。

『わ、わかった。俺にはもうお前をどうこうするつもりはねぇ。そもそも狙ってお前のところに来たわけでもないし、こうしてスライムに転生してしまった以上はどうしようもねぇ。だが、俺だってこうしてここで生きているんだ。たとえスライムだとしても死にたくはない』

確かに、スライムのスキル欄からは、昨日見たなんとかの魂というスキルは消えている。こいつが言う通りに転生が完了してしまったのかもしれない。

「まず、名前を聞かせろ」

『ああ、わかった。俺は須崎龍馬。転生前は一応十七歳だった』

「りょうま？　紛らわしいな……」

『紛らわしい？』

「ああ、俺の名前がリューマだからね」

『なるほど……じゃあ、俺はタツマでいいや。別にこだわりねぇし』

「わかった。じゃあこれからはタツマと呼ぶ」

自分の名前のくせに軽いな……今のやり取りのせいだと思うが、ステータスも正式にタツマで名前が登録されてしまっている。

『じゃあ俺は普通にリューマって呼ぶぜ。俺より年下だろ？』

ぶるぶると震えながら馴れ馴れしく接してくるスライムに大きく溜息をつく。

「誰もお前の面倒を見るとは言ってない」

『まあ、そう言うなって。【鑑定】があるならわかるだろ。俺も鑑定系の力があるからお前のステータスが見える』

　え？　ちょっと待って。こいつのステータスの中に鑑定ができるようなものはひとつもない。唯一わからない部分があるとすれば称号の『異世界の転生者』の中に含まれる＊＊＊の部分だけだ。

「それは称号に関する能力か？」

『ん？　……あぁ、なるほど。俺のと、お前のじゃちょっと違うのかもな。どこまで見えてる？』

　仮に、こいつの＊＊＊が鑑定系の能力に関するものだったとしても【鑑定】＋【目利き】でより深く鑑定できる俺には敵わないはずだ。こいつが変な考えを持たないように釘をさしておいた方がいいかもしれない。

「名前、状態、LV、称号、年齢、種族、技能、特殊技能、固有技能、才覚。それぞれの詳細情報も見ることができる。俺の【鑑定】はこの世界で一般的に使われているものよりも情報量が多い。誤魔化そうとしても無駄だぞ」

『え？　…………へぇ、そりゃスゲェな。俺のよりも随分優秀みたいだな。ま、どっちにしろ俺にしてみればお前の協力なしじゃ生き残れそうもないからな。誤魔化すつもりはねぇよ』

　こいつの言うことを鵜呑みにするのは危険だが、少なくとも瓶の中のスライムでいる限り、直接的な危険はないはず。それなら、少しでもこの状況について聞けることは聞いておいたほうがいい。

「わかった。じゃあ話せ」

『え？　何を？』

　いらっとしたので瓶ごと持ち上げて窓の外に向かって振りかぶる。

『いや！　待て待て！　わざとじゃないから！　【鑑定】の話をしてたから、ちょっと忘れただけだって！』

「……」

『えっと……なんだっけ……あぁ！　そうだそうだ、思い出した！　お前のスキルの話だ。お前、もしかして変な知識が流れ込んできて混乱してねぇ？』

「……どういうことだ？」

『まあ、これから話すのはあくまでラノベに基づいた推測だから、そのつもりで頼む』

　悔しいがこいつの言うとおり、少し困惑しているのは間違いない。こいつの言う推測程度でも情報が欲しい。だから俺は黙って頷いておく。

『とりあえず最初からいくか。中二で厨二な知識を持っているお前ならもう理解できると思うが、俺は地球という星に住んでいた異世界人だ。トラックってわかるか？　わかるな。それに轢かれて死んだと思ったんだが、気がついたらお前の中に転生している途中だった』

なんというテンプレ。脳裏に浮かぶあの大きな獣は転生の魔法陣でも内蔵しているのだろうか。俺の持つ、厨二の知識の中にトラックに轢かれて異世界転生のパターンが数えきれないほどある。

『その結果は、残念ながら……というとお前には怒られそうだが、お前の特殊なスキルと機転のせいで転生に失敗してここにいるわけだ』

これは俺も体験したことだからわかる。黙ったまま先を促す。

『で、この辺からが推測だが、俺という存在をお前に上書きする際に、俺の持っていた基礎知識が一部お前に書き込まれたらしい』

「どういうことだ……お前の記憶が俺の中にもあるということか？」

『いや……たぶん違う。お前は俺の名前を知らなかった。俺の記憶が書き込まれたなら俺の名前を知らないのはおかしい。だから、あくまでも俺が俺の世界で持っていた基礎の知識……だと思う』

……わかる気がする。確かに俺の中には今までの俺が知らなかった知識がある。でも、別の誰かが生きてきた経験とか記憶はない。だから自分が間違いなくリューマだと言い切ることができる。

『推測に推測を重ねるが、こうしてお前と会話ができるのも知識が転写された際に、なんか不思議なパスが通っちまったせいだと思うぜ。すくなくとも俺は音として言葉を発してないからな』

「【中二の知識】スキルについては大体把握した。結論としては新しい世界の知識が増えただけで問題はないということだろ」

『……………』

ん？　……【中二の知識】についての話を一度まとめたつもりだったのに、瓶の中のスライムが戸惑っているように感じるのはどうしてだろう。

「なにか問題があるのか？」

『……いや……もしかして気づいていないのか？』

いまの話の中でなにか見落としているようなことがあっただろうか。

『気づいていないみたいだな。お前、俺の知識にかなり引きずられてるぞ』

「馬鹿な……そんなことあるわけ」

『お前十歳だろ。昨晩お前の中でやりあった時は、お前〝僕〟って言ってたぜ。口調も年相応のいい子ちゃんだった気がするんだが？』

「は？　……なにを言っているんだ……俺はお……れ？　……あれ？　いつから僕はこんな……」

思考が乱れる。なにがどうなっている。いや、違う！　僕はそんな言い方はしない！　なにかがおかしい！　僕は叫びたくなるのを必死に堪えて、混乱する頭を両手で押さえてベッドにうずくまる。

『落ち着け！　たぶんお前はいま、違う世界の知識を大量に放り込まれて情報が整理しきれてないんだ。自分がいままで培ってきた常識と俺の世界の常識が混ざり合っちまっている……。だから、まずは落ち着いて自分の人生をゆっくり振り返ってみろ。この世界の生活を思い返して、なにがこの世界の知識で、どれが異世界の知識なのかを選別してちゃんと分けるんだ。そんなの知識チート系のテンプレだろうが』

くっ……俺……違う！　僕は……そう、リューマだ。ガードンお父さんとマリシャお母さんの子供。ポルック村で生まれた。毎日お掃除や、お料理や、薬草採取、たくさんお手伝いをしてスキルを取った。お手伝いの合間に幼馴染みのリミといつも一緒に遊んだりいたずらをしたりした。五歳の時、お父さんとお母さんのスキルを交換した。それから剣や槍の訓練を始めた。それから八歳の時、狩りの訓練でゴブリンと戦ってモフと友達になった。それから……それから……それから……

ゆっくりと自分のことを思い返していく。貧しい生活だったかもしれないけど温かく楽しかった毎日。それ以外は僕のものじゃない知識だ。

ごちゃごちゃと渦巻いていた自分の頭の中が徐々に整理されていく。スライムが言う異世界の知識をちゃんと僕の世界とは違う別枠の知識だと識別ができるようになっていく。

すでに得てしまった知識に多少なりとも影響を受けてしまうことは、もはや仕方がないんだと思う。だけど、僕が僕であることが大前提だ。さっきみたいなのは……なんかうまく言えないけどダメだ。僕じゃないみたいだった。……うん、もう大丈夫。ちゃんと仕分けができた気がする。


『……落ち着いたみたいだな』

「……うん。助かったよ、タツマ」

『お？　へへっ！　言ったろ、リューマの協力がなけりゃ生きていけねぇって』

気を許すわけじゃないけど、少しは信じてあげてもいい気がしてきている。いずれにしてもスキルもなにもないスライムじゃ悪いこともできないだろうしね。

今はまだ怖いけど、落ち着いたら【中二の知識】もゆっくりと検証してみよう。もしかしたらポルック村のためになるような知識もあるかもしれないし。でも……〝俺〟な僕もちょっと格好よかったかもしれない。冒険者になるならあのくらいの迫力はあってもいいかもね。

それからしばらく僕は、タツマといろいろと話をした。タツマはこの世界のことをなにも知らないので、この世界の文明の度合いを知りたかったらしい。

剣と魔法、冒険者、魔物……厨二を刺激する言葉が並ぶこの世界に、スライムの身体を激しく震わせていた。ちなみにまだ瓶からは出していない。

『なるほど……だいたいわかった。まあ、ここが田舎過ぎて本当のところの文化レベルはよくわからんけど基本的には異世界転移もののテンプレに近い。獣人とかエルフとかドワーフもいるんだろ？』

「うん、いるよ。幼馴染みのリミも猫人族だし、ポルック村の半分くらいがなんかしらの獣人の人たちだからね」

『やば！　猫耳の幼馴染みとか超ヤバい！　くそぉぉぉ！　転生さえうまくいってれば俺がその幼馴染みポジだったのに！』

「あれ？　タツマはもうこの世界に満足したってことでいいのかな？」

『いや！　待て待て！　これは言葉のアヤってやつだろうが！　今までで一番の殺気出しやがって、めちゃめちゃ幼馴染みとの間にラブなフラグ立ってんじゃねぇか』

ちょ、なに言ってるのこの人。ぼ、僕はリミのことは妹みたいなものでラブとかは全然ない……たぶん。

『それにしても、リューマはそんなチートスキル持ってるくせになんで活用してないんだ？冒険者になりたいんだったらいまのうちから力を蓄えなきゃ俺TUEEEできないぜ』

「う～ん。確かにいまならこのスキルトレーダーがチートっぽいってわかるけど、よくある【強奪】なんかと違って使い勝手はあんまりよくないんだよ。相手に触ってないと使えないし、しかも同意がないと100%にはならないしね。称号の効果から見ると『熟練度が同じスキルのトレード率が85%。以降対象レベルが1上がるごとに成功率2分の1』なんだ」

それに、どうやら同じ相手に、こちらのスキルで同じものを二回指定することもできないらしい。

例えば相手の【A】というスキルに僕の【B】というスキルを指定して失敗してしまったら、その相手との交換に【B】というスキルは仮に【A】じゃない【C】というスキルに対しても、もう使えない。そういう説明もタツマにはしておく。

『なるほどな……だけど、リューマには【早熟】があってレベルは上がりにくいがスキルは取得しやすい、と』

瓶の中のスライムは酸素すら必要としないのか、結構長いこと密閉空間にいるのにまったく苦しむ素振りがない。タツマが考え込んでいる間に外を確認すると、時刻的には朝の練習の時間帯になろうかというところだった。

最近は僕の訓練と言うよりもリミの訓練になりつつあって、たまにしか直接指導は受けてないから、このまま朝食の時間までは部屋にいても大丈夫だろう。

『……たぶん、いけるな。リューマ！　強くなりたいか？』

「え？　それはもちろんなりたいよ。だから毎日一生懸命訓練とかしてるんだし」

『よし。じゃあ俺が、お前が強くなるためにはなにをすればいいか教えてやる。だからお前は、俺がこの世界の常識を学ぶ手伝いと生活の面倒を見てくれ。いわば同盟の契約だな、期間は一応リューマが冒険者になるまでくらいにしておくか。必要なら延長すればいいしな』

本当に強くなれるなら、僕のほうからお願いしたいくらいだけど……スライムの指導で本当に強くなれるのかと問われると……どうなんだろう。

『ああ、言っとくが、もちろん俺が武器を持って教えるわけじゃないぜ。リューマが今あるスキルを使って効率よく強くなれるだろう方法を教えるだけだ。だから実際に努力して苦労するのはリューマだけだな。お前が嫌なら仕方ないが、同じような知識を持っていてもこういう《気づき》みたいなもんは気づかない奴は一生気づかないもんだぜ。どうする？』

「……確認するけど、隙を衝いてまた僕を乗っ取ろうとかはないんだよね」

『ない……というか正直言えばやりたくてもできない、だな。もともと自分で転生しようと思ってきたわけじゃないから、どうやってそうなったのかもまったくわからないしな』

「本当に正直だね。やりたいなんて言ったら、僕が拒否する可能性が増すんじゃない？」

『まぁな。だが、信じてもらうなら正直に話したほうがいいだろ』

ぷるぷると体を震わせるタツマを見て僕は考える。確かにタツマは僕に無理矢理転生しようとした。でも、それがタツマの意思によるものじゃないことはたぶん間違いないと思う……勘だけどね。

それに僕が逆の立場だったとしても、やっぱりスライムよりは人に転生したい。機会があれば人への転生を試みたいと思ってしまうのは仕方ないんだろうな。

「わかった、いいよ。僕が強くなることに協力してくれるなら、タツマがひとりで生きていけるようにできるだけ協力する」

『そうこなくっちゃ！　じゃあ、同盟成立ってことで！　…………そろそろ瓶から出してください』

やっぱり瓶の中は窮屈だったらしい。

ぶにょん　ふにょん　ぶるぶる　ぷるるるる

僕の目の前で薄緑色のスライムがぶにょぶにょと変形しながら飛び跳ねたり転がったりしている。本来スライムからすればあり得ない派手な動きだと思う。

森の中とかで見つけるスライムは木の上とかで、あんまり動かずにじっとしていることが多い。まともな攻撃方法を持たない上に動きも速くないスライムは、無駄に動き回って人間たちや魔物の目についてしまったら面白半分に倒されてしまう未来しか見えない生き物だ。

『よ！　は！　と！　う～ん。とりあえず思い通りに動けるからいいとするか。動きが遅いのも、攻撃方法がないのもいまさら嘆いたって仕方ないいしな』

「十七歳だった割に達観してるね……」

『まあ、な。結局のところ一度死んだ身だしなぁ……どんな形であれ、死にたくない以上は生きるしかないだろ』

　おお……なんだかよくわからないけど深い。この前向きな姿勢は是非見習いたい。タツマのなにげない一言にちょっと感動していると、庭先からキンキンと打ち合う音が聞こえてくる。今日も休まずリミが母さんの訓練を受けに来たのだろう。

　訓練を始めてから約半年、リミは一日も休んだことはない。冒険者になりたいという思いが本物だということは、リミの両親も既に認めているらしい。

　ただ、思いだけではどうにもならないのが冒険者という危険な職業なわけで……きちんと旅立ちまでに最低限の戦闘系スキルが身に付けられなかった場合は、リミの両親は決して許可を出さないだろう。

　ただ、最近のリミの様子を見る限りはそんな心配はいらないと思う。剣も槍も弓もかなり使い慣れてきていて動きが滑らかになっているからスキルとして発現するのは遠くないと思う。僕がスキルを覚えた時の状態とよく似ているからたぶん間違いない。

　そうするとリミが冒険者になるために旅立つ日って、僕が村を出るときと一緒になるんじゃないかなぁ。おじさんとおばさんもリミひとりで送り出すより、頼りなくても僕と一緒のほうが安心だろうし。となると……リミが戦えるようになっていたとしても、いざという時は僕が守ってあげなきゃいけない。そのためにはやっぱり強くなっておく必要がある。

「ねぇタツマ。僕を強くするって、どうやるの？　この世界では十四歳で成人だから、早ければあと三年ちょっとで村を出ることになるから、それまでに少しでも強くなりたいんだけど」

『おぉ、そうだな。日々の訓練はまず今まで通りでいいと思うぞ。基礎体力とスキルに頼らない経験も必要だと思うからな』

　スライムがぷよんと変形する。

「それはわかる。今までもやってきたことだし、これからも続けるよ。でもそれだとリミをちゃんと守れるくらい強くなれるかどうか……」

『だろうな。だが、この世界にはスキルがある。スキル制の世界のいいところはスキルを得れば誰でもそれなりの力を得られることだ。そうだろ？』

　前に父さんに聞いた鍛冶師（かじし）の例もあるように、戦闘に役立つスキルを覚えることができれば早く強くなれると思う。僕はタツマに向かって頷く。

『で、リューマには【技能交換（スキルトレード）】っていうレアスキルがある。これを使わない手はない。問題はこのスキルを誰に、もしくはなにに向かって使うかってことだ』

　タツマがぷるぷると震える。

『選択肢はふたつ。ひとつは村人と交換する』

「それはダメだよ！　【技能交換】は両親以外は知らないんだ。世間に知られたら絶対に厄介事になるから秘密にするようにきつく言われてるし」

それに、村の誰かのスキルを勝手に交換してしまうのは問題だと思う。みんな自分たちの持っているスキルや能力を駆使してなんとか村の運営を賄っているのに急にそのスキルが他のスキルに置き換わったら村全体が困ってしまう。

『秘密にしておくのは正解だな。こんな辺境のさらに辺境の村なんか、目を付けられたらすぐに潰されるだろうからな。となれば残りの選択肢はひとつだ』

「うん」

『魔物と交換する』

魔物が持っているスキルと交換する。僕が短期間で強くなるためには地道な努力以外では確かにそれしか方法はない。現に初めての狩りの時にゴブリンたちから得たスキルは、確実に僕を強くしてくれた。

「でも、村の周辺は常に監視されているから、『はぐれ』が来てもすぐに討伐されちゃうんだ。それにもともと魔物がいるようなところからなるべく離れた場所にポルック村は作られているし……」

『なに言ってんだ。例の狩りをする森があっただろ。あそこに行けばいい』

確かに『狩人の森』なら、ちょっと奥に行けば魔物も出てくると思うけど、父さんの狩りの頻度(ひんど)は多くないし、他の狩り担当班に交ぜてもらうのは十歳だと厳しい。それに【技能交換】のことが知られる危険が増える。

『狩りをする奴らとは会わないようにすればいいし、それが無理なら誰も狩りに行かない日を狙ってひとりで行けばいい。村の外に出ること自体はできるんだろ。片道二時間なら充分行って帰ってこれる。走っていけば訓練にもなるしな』

　ポルック村の狩りをする班はふたつ。それぞれが交代で森に行く。それを三回繰り返すと両方とも一日休む。休むと順番を入れ替えてまた三回、交互に狩りに出る。つまり七日に一回だけ誰も狩りに行かない日がある。この三回のローテーションの間の成果が悪かった時だけ七日目に父さんが狩りに行くんだ。

　あとは、誰かが怪我(けが)したり病気したりで班のメンバーがひとりでも欠けると、その班は狩りを休む。慣れたメンバーがひとりでも欠けると何かあった時に困るからだ。

「そう考えると、チャンスはある……か。南から出ると疑われるから、川の上流で訓練するとか言って敢(あ)えて北から出て村を回り込むように走って向かえば……」

『いいね、いいね。そうやって、前向きな案が出始めるってことは、もう内心ではやる気になっているってことさ。リューマのスキルの関係上、残念ながらそんなに頻繁(ひんぱん)には森に行けない。交換に使うような生活系のスキルを再取得しなくちゃいけないからな』

　森に行って、うまく魔物から冒険者として役に立つスキルを交換できても、こちらから交換に出せるスキルはそう多くない。せいぜい【掃除】【採取】【裁縫】くらい。スライムと交換した【再生】スキルが回復として使えそうなら【手当て】まで使えるかもしれないけど、いずれリミと旅に出ることを思えば、自分以外も【手当て】できるスキルは残しておきたいか……

『リューマの話じゃ、生活系のスキルの再取得に前回は一カ月かかったって？』

「うん、一カ月で取り直すのは結構大変だったけどね」

『問題はそこじゃない。一度目よりも二度目の方が遥（はる）かに早くスキルを取得できたってところだ。これは大事なことなんだ。よく思い出してみろ。スキルを交換した後、なくなったスキルの知識は消えたか？』

「ううん。別に記憶がなくなるわけじゃないし、うまくその知識を活かせないだけだったよ。父さんと母さんの【剣術】と【槍術】を交換した時も父さんたちの知識はなくならなかった。だから僕への指導は、スキルがなくても基礎の知識があるほうが担当していたくらいだから」

僕の回答に満足したのかぷるぷる率を増して震えるタツマ。意外と震え方からでも気持ちをなんとなく察することができる自分に驚きだ。

『やっぱりな……たぶん俺の推測だが、次に生活系スキルを交換した時には再取得までの期間は更に短くなると思うぜ』

「え！　……それが本当ならありがたいことだけど、どうしてそんなことわかるの」

『いいかリューマ。物凄く使えなさそうなスキルや、チートスキルってのはだいたいなにかのきっかけでバケるんだよ。お前の持つ【技能交換（スキルトレード）】と【早熟】のコンボは、チートスキル同士が合わさってバケるパターンだな』

タツマは自信満々だけど僕はそこまで楽観的にはなれない。僕の厨二の知識にもそういう話のものがあるけど、この世界で現実に生きてきた僕にはやっぱり物語の話に聞こえる。それに凄いスキルにはなにかしらの制約がつきものなのは、ある意味当然だと思うから。

『信じられないか？　まあいい。俺も推測だしな、やってみればわかることさ。他にもいくつか可能性がありそうなことを思いついているから、少しずつ試していこうぜ。もちろんすぐ結果が出るもんじゃないだろうし、最初はできないと思っても諦めない方向でな』

「わかったよ。確かに強くなるには魔物との【技能交換】が必要だと思うし、その流れの中でいろいろ試してみることは無駄にはならないと思う。強くなれる可能性があるなら、やれるだけのことはやるよ」

『よし！　これはこれで楽しくなってきた。やっぱ異世界転移ものはこうじゃないとな。まずはその森に行ける日の確認と、持っていくものとかの準備だな』

タツマと出会って、魔物とスキルを交換するべく『狩人の森』へ行くと決めてから数日が経ち、とうとうその日がやってきた。三ローテ後の休養日が今日である。

今日一日自由に動けるように家の手伝いなんかは少しずつ前倒しで終わらせてある。後は怪（あや）

しまれないように抜け出すだけだった。朝の訓練が終わり、朝食を食べ終えて父さんが家を出てからが勝負である。

「母さん。僕、今日は一日、北の川沿いで訓練するつもりだからよろしくね」

「あら、頑張るわね。お昼は？」

「うん、最近リミがどんどん上達してきてちょっと焦ってるんだよね。まだ負けたくないからさ。そんなことリミに知られると恥ずかしいから、リミにも内緒にしておいてね。お昼は干し肉だけ少しもらっていくね。夕方には帰るから」

「はいはい、気をつけてね。わかっていると思うけど、北に行くなら鐘の音だけは絶対に聞き逃さないようにね！」

「わかってる！　じゃあ行ってきます」

「……それにしても『母さん』……か。いつの間にか男らしくなっていくのね」

北門の鐘の音は、魔境から魔物が現れた時の合図だ。聞こえたらすぐに村へと逃げ込まなくてはいけない。母さんの最後の言葉はよく聞こえなかったけど、鐘に関しては大事なことなので大きな声で返事をしておく。

母さんがいた台所を出ると僕は、玄関近くに準備してあった剣を腰に差し、槍を背負って、小さなずだ袋を肩にかけて家を飛び出す。家を空ける理由として、自主練というのはかなりベタだが、これからもたびたび抜け出すつもりがある以上、理由はベタなほうが何度も使える。

「モフ、タツマも行くよ」

玄関を出たところで待機をしていたモフとその上のスライムに声をかけると、そのまま北門に向かって村を出る。このときちゃんと詰所には夕方くらいまで戻らないかもと言っておく。じゃないと行方不明扱いになって大騒ぎになってしまうからね。

森に行くにしても、大騒ぎにならないようになるべく早めに戻ってきた方がいい。こんな時、父さんの【気配探知】があると魔物を探す手間が省けていいんだけどね。でも、僕には【隠密】があるから、魔物さえ見つけてしまえば奇襲はしやすいはずだ。そもそも【隠密】スキルがなければ、ひとりで森に行くというタツマの案を了承はしなかったかもしれない。

「……疲れたぁ。大体一時間半くらいかな。ちょっと遠回りになるし、いまはこのくらいが限界か」

『いや、充分すげぇよ。俺が生きていた世界なら、普通に箱根駅伝とかでぶっちできるレベルだぜ』

「……あぁ、うん。タツマの世界は平和なんだね。ただ速く走るだけを追求できるなんて」

『そうだな、少なくとも俺の国はとことん平和だったと思うぜ。……でも、不思議なんだが帰りたいと思ったことはねぇんだよな』

タツマの口調は嘘を言っているようには思えない。魔物がいなくて、食べる物がたくさんあって、便利な道具で満ち溢れた世界なのにどうしてだろう。

『……なんかなぁ、俺が悪いんだと思うんだけどよ。うっすいんだよ毎日が！　寝て、起きて、食べて、学校行って、食って、帰って、食べて、寝る。この世界からすりゃ幸せすぎる一日だってのはわかるんだ……だけどつまんなくてな』

「いまはどうなの？」

『ふん！　スライムなんかになっちまったけど、毎日が楽しくて仕方がないぜ！』

ぶるぶると身体を波打たせるタツマは本当に楽しそうだ。結局のところ、どこにいても不満はあるのだろう。それなら、隣を羨むよりも今自分ができることを頑張って不満をなくしていくしかないってことなんだな。

「うん、ならいまは強くなるために頑張ろう」

『お？　そのやる気いいね！　早く行こうぜ、俺も魔物とか見てみたいしな』

うん、君自身が魔物なんだけどね。という突っ込みはしないでおこう。

「了解。モフ！　魔物の匂いを探せる？」

『きゅん！』

やみくもに歩き回るよりも、モフの嗅覚や野性の勘に頼ろうと事前にタツマと話して決めていた。ここで『モフ探知』がうまくいくと、これからの計画がだいぶ助かる。

僕の言葉に耳を硬くして勢いよく鳴いたモフは『任せておいて』と言っているように思える。【調教】が2に上がって、なんとなくモフの気持ちがわかるようになってきた気がする。

タツマを乗せたまま森に入っていくモフを慌てて僕も追いかける。当然【隠密】を使いつつ、重ねて【統率】を使い隠密効果の対象にモフとタツマも指定しておく。弱スライムであるタツマには必要ないかもしれないが、ついでだし念のためだ。

モフが進む。匂いを嗅ぐ。またモフが進む。そしてまた嗅ぐ。というのを繰り返しながら三十分ほど森の奥に進んだ頃、モフの動きが止まり耳が硬化する。

『見つけたっぽいな。どこにいるかわかるか？』

タツマからの脳内への問いかけに『ちょっと待って』とハンドサインを出し、モフが警戒している方へと進む。もちろん姿勢は低く、木々を盾にしつつである。

そうして慎重に進むと、ぐちゃっ、ぐちゃ、と気持ち悪い音が聞こえてくる。どうやらお食事中らしい。更に慎重に歩みを進めて木の陰から覗き込む。

いた！　茶色い肌の大柄な魔物が、背中をこちらに向けて地面にある何かを食べている。

……よく見ると隙間から緑色の足が見えるので、たぶんゴブリンだろう。とりあえず【隠密】が効いているらしく僕たちにはまったく気がついていないので、【隠密】を切らさないようにしながら【鑑定】してみる。

『オーク　状態：健常　LV：9　技能：威圧1／格闘1』

　あれがオークか……確か豚のような顔をした力の強い魔物で……たびたび女の人を攫って悪いことをするんだったっけ。

　僕はとりあえず同じように鑑定系の能力を持っているタツマに視線を送る。

『初戦の相手としては悪くないな。【格闘】は武器を失った時なんかにも役に立つだろうし、持ってれば他の戦闘系スキルを使う際にも動きが良くなると思うぜ。【威圧】はあまり使う機会はないかもしれないが、あって困るもんじゃないからな。第二順位になるけど狙えたら狙っていけ』

　狙っていけとは言われても、昔戦ったゴブリンとは違ってレベルも高いし、結構強い個体だと思うんだけど、今の僕に勝てるのかどうかが問題だと思う。

『なんだ？　自信がないのか？　……そうだな、じゃあせっかくいまは見つかってないんだから、後ろからこっそり近づいて【格闘】スキルをなんかの生活系のスキルと交換してこい。成功すればその時点で俺たちの勝ちだ。失敗した場合は……まあ、なんとかなるだろ』

　……くっ、せっかくここまで来たんだから、タツマの言うとおりいくしかない。後ろから攻撃すれば勝てそうな気もするけど、うっかり殺しちゃうと【技能交換】できなくなるから気をつけないと。【格闘】スキルは確かに役に立つスキルだと思うし、この機会にぜひ手に入れておきたい。

覚悟を決めて木の陰から出る。近づかなきゃいけないから武器には剣を持つ。ただし、【技能交換】が成功する前にこの剣を使う事態になったら、逃げることを考えなきゃならない。

僕はいつもよりもしっかりと【隠密】を意識して、オークの背後から思い切って近づく。こういうときにためらいながら行くと大体思いがけないミスをして相手に気がつかれるというラノベのお約束を回避するためだ。すくみそうになる足を叱咤しながら薄汚い背中との距離を一気に詰めて、左手を背中にそっと添える。よし！

【技能交換】
対象指定「格闘1」
交換指定「裁縫1」

【成功】

やった！　うまくいった！
よし！　このまま、もう一つ。

【技能交換】

対象指定　「威圧1」
交換指定　「採取1」
【成功】

『よくやった！　あとはそのままオークを倒せ！　いまなら勝てるはずだ』

タツマの念話が届く。スキルを交換したからといってもレベルや体格の差はそのままだから、劣勢なのはそんなに変わらないと思うけど、ここにはスキルのことだけじゃなくてレベル上げも兼ねて来ているんだからしっかりとやることをやらなきゃならない。幸い、オークは食事に夢中で気がついていない。それなら後ろから……


「ぶひぃぃぃぃぃ!!」

『……馬鹿！　あんな体格の相手にお前の力で突き技とか！』

え！　……なんで！　なにか間違った？　後ろから背中に剣を突き刺しただけなのに。

『リューマ！　剣を手放して離れろ！　槍に持ち替えるんだ！』

「わ、わかった！」

刺した剣を抜くのに手間どっていたから、タツマが言っているのはそういうことだろう。すぐに下がって背中の槍を手に取って構えた僕の前で、怒りに目を血走らせた豚頭のオークが威嚇(かく)の声を上げている……あれ？　でもあんまり怖くない。

あ、そうか。僕が【威圧】スキルを交換したからか。それに、戦闘系スキルがまったくなくなったせいで動きも鈍重に見える。確かにこれなら勝てそうだ。

「はぁ、はぁ……」
『お疲れ。言ったとおりだろ、勝てるってさ。ただ、いまのお前の体じゃオークほどの大柄な魔物の急所を剣で突き通すのは難しい。だから、戦いかたは考えなきゃな。刺すなら、首とか顔とか、脇の下とかを選べ。中途半端に背中や腹に刺すと今回みたいに武器が抜けなくなったりするからな』
僕の目の前には、首に槍が刺さったオークが倒れている。タツマの言う通り、多少戦いかたに問題はあったとはいえ戦闘自体は比較的あっさりと終わった。オークの動きの鈍(にぶ)さに加えて、僕が【格闘】スキルを手に入れたことで戦闘での体の使いかたが一気に効率化されたのが大きい。
【槍術】や【剣術】は槍や剣を使った動きに関しては良くなるけど、それ以外の戦闘中の移動や回避などはサポートしてくれない。だけどこれに【格闘】が加わると肉弾戦のスキルだけあ

って槍や剣で攻撃するまでの間の動きが各段に良くなった。そして、武器に頼りがちだった僕の動きに場合によっては蹴り（け）や拳（こぶし）、関節技を用いた攻撃方法の選択肢が増えた。

「うん……これならうまくやれば、ひとりでも魔物を倒していけるかも」

『ああ、でも油断するなよ。囲まれでもしたら、まだひとりじゃ厳しいだろうからな。ちゃんと相手と状況を見極めて戦っていこうぜ』

「うん、ありがとうタツマ」

『いいってことよ。それよりも、こいつらの素材とかはどうする？』

そっか……ゴブリンは魔晶しか……って上半身は完全にオークに食べられてるな。オークは工夫すれば食べられないこともないんだけど、いまの僕が持って帰るのはおかしいから放置かな。魔晶だけを抜き出して持って帰ろう。ポルック村じゃ換金なんかはできないけど冒険者になったときに街でお金にすればいい。

「取りあえず、魔晶だけ取ったらあとは放置かな」

僕はオークから剣と槍を回収して血糊（ちのり）を拭（ぬぐ）うと、腰の後ろにセットしてあった解体用のナイフを取り出してオークの胸を開いていく。

『だな、でも売れる素材で日持ちするものがあるなら、この森のどっかに隠し場所を作って保管しておくって手もあるぜ』

なるほど、その発想はなかった。本当によくもまあ慣れない異世界でこうもポンポンといろんな発想が出てくるよタツマは。タツマ曰くお前の厨二の知識と違って俺には高二の知識がある。って威張っていたけど、それって厨二病を高二までこじらせているってことだよね。役に立ってるから別にいいんだけどさ。

「それはいい考えだね。今後、そういう魔物を倒した時に備えて保管場所を探しながら行こう」

『あ！　あと死体の処理だけどよ、ここに残しておくといろんなもんを呼んだり、お前の村の狩人たちに見られたりして困ることになるんじゃないか？』

「……そうだね。こんな斬り傷、刺し傷のある死体があったら、村の人以外で誰がこのオークを倒したんだって話になるかも。どうしようかな」

『よし、それなら任せておけ！　死体ならスライムの俺が処理できる』

そう言うとタツマは魔晶を取り出したオークに張り付いてじわじわと全体を覆っていく。この時少しでも（たとえ鼓動ひとつでも）対象が動くとスライムは弾かれてしまうが死体なら問題ない。

たっぷり五分ほどかけてオークを完全にコーティングしたスライムは次の瞬間、一気に元の大きさに戻った。

「おお……凄い。消化は一瞬なんだ……初めて見た。あ、でもスライムにあげた餌も確かに一瞬で消えていたっけ」

『……なるほど……は、…………キルなのか。…………らも…………ん食べ……要があるな』

「ん？　なんか言ったタツマ」

『んにゃ！　なんでもない。今、ゴブリンも食っちまうからちょっと待ってろ。その間にモフに次の獲物の目星をつけてもらっておいてくれ。あとその辺にある薬草とかも採取しておけよ。交換に使ったスキルを再取得しなきゃならないからな』

「了解。モフ、よろしく頼むね」

『きゅん！』

名前：リューマ
状態：健常
LV：9（UP↑）
称号：わらしべ初心者
年齢：10歳
種族：人族
技能：剣術2／槍術2／統率1／隠密2／木工2／料理1／手当て1／解体1／調教2／掃除2／威圧1（New！）／格闘1（New！）／再生1
特殊技能：鑑定／中二の知識

固有技能：技能交換
才覚：早熟／目利き

「おめでとうリューマ」

食卓に並ぶいつもより豪勢な料理の向こうで、相変わらず綺麗な母さんが微笑む。

「ありがとう、母さん」

「とうとう、リューも成人だな。すぐに冒険者になりに行くのか」

四十歳に近づいてきても未(いま)だに逞(たくま)しい体軀を維持している父さんが真面目(まじめ)な顔で聞いてくる。

ずっとなりたかった冒険者。そのための条件だった成人する十四歳。それが達成された以上は、本当ならすぐにでも旅立ちたいところだけど……

「本当はすぐにでもって言いたいけど、リミが成人するまで待つつもり。一緒に行くって約束だからね。だからあと半年くらいかな」

「そうね、ミランやデクスもそのほうが安心するでしょうし、そうしてあげてくれる？　リミちゃんも今日までずっと頑張ってきたから冒険者としてやっていける力は充分あると思うけど、やっぱり女の子のひとり旅は危険だから」

おそらく、母さんのその言葉のうしろには『特に亜人の女の子の場合は……』と付け加えたかったのだろう。ポルック村では種族間の差別はまったくないけど、いまだに亜人蔑視の風潮が根強く残っているところもあるみたいなので、亜人の人たちは油断すると攫われてひどい目に遭わされたり、奴隷として売られたりしてしまうこともあるみたいだ。

　ミランおばさんやデクスおじさんもリミの頑張りを見て、冒険者になること自体は正式に認めていたけど、それでもひとりで旅に出すことには難色を示していた。それを解消するためにリミから『私が成人するまで旅立つのを待っててほしい』と頼まれ、僕はそれを了承して一緒に旅立つ約束をしたんだ。

　まあ、モフとタツマの三人で旅立つのもありだけど、やっぱりちゃんとした話ができる相手がいたほうが僕も嬉しいし、知らないところでリミが危ない目に遭うのも嫌だから半年くらいは待ってもいい。

「そうか！　じゃあ、あと半年は総仕上げでみっちりしごいてやるからな！　そうと決まれば食べよう」

「うん、せっかくの母さんの料理が冷めちゃうしね。いただきま～す！」

「ふふふ……そんなに慌てなくてもお料理は逃げないわよ」

　タツマと出会ってから約四年。僕は今日、とうとう十四歳の誕生日を迎え成人した。この四年間、タツマのアドバイスのもと、こっそりと森に行って魔物を倒してレベルを上げ、有益なスキルがあれば交換するという日々を繰り返してきた。

　その結果、今の僕のステータスは、

名前：リューマ

状態：健常

LV：15

称号：レッツわらしべ（熟練度が同じスキルのトレード率が100％。以降レベル差が1広がるごとに成功率2分の1）

年齢：14歳

種族：人族

技能：剣術2／槍術(そうじゅつ)2／棒術3／格闘2／統率2／威圧2／風術1／水術1

　行動（水中1／樹上2／隠密3）

　視界（明暗2／俯瞰(ふかん)2／遠見2《4倍》）

　耐性（毒2／麻痺(まひ)2／風2／水2）

　木工2／料理2／手当て1／解体3／調教3／掃除2／採取1／裁縫1／再生2

特殊技能：鑑定／中二の知識

固有技能：技能交換
才覚：早熟／目利き

　スキルの数はかなり増えたけど、狩人の森にいる魔物だとレベル的にはこのくらいで頭打ちだったし、魔物の所持スキルも交換して有益そうなものはそう多いわけじゃなかった。

　この【技能交換】は残念なことに、同じスキルを複数取得できない。だから【剣術1】と【剣術2】を同時に取得することはできなくて、後からトレードしようとしたスキルは必ず失敗する。レベルの違う【剣術】同士のトレードはできるんだけどね。

　タツマが可能性として指摘していた『同じスキルをたくさん集めれば熟練度が統合されてガン上げできるんじゃね？』という説は残念ながら速攻で否定されてしまった。だから高レベルのスキルが少ないのが難点だ。

　でもガルホークという鳥型の魔物が棲み着いている場所を見つけたおかげで【風術1】【俯瞰2】【遠見2】というスキルを取れたし、水辺にいたアクアリザードっていうコモドドラゴンみたいな中型の魔物から【水術1】【水中1】などを取れたりしてスキルの構成としてはいろんな状況に対しての適応力が増したと思う。

　本当はもう少し強い魔物が棲息しているところにも行ってみたかったけど、距離的に日帰りが難しかったので無理だった。魔境産の『はぐれ』とかはたまに村の近くまで来るけど、僕の実力じゃとてもじゃないけど敵わない。遠くから【鑑定】すると珍しいスキルや高レベルのスキルをたくさん持っているからなんとかしたかったんだけど……下手に飛び出したら文字通り瞬殺されそうだった。

「リュー、今日は珍しく予定がないから槍を見てやろう」

　翌日、朝の食事が終わってまったりとしていると、いつも忙しくて夕方しか稽古をつけてくれる時間が取れない父さんからありがたい申し出があった。僕の感覚として戦闘系のスキルは実戦形式の方が上がりやすい気がしている。スキルを取るまでは型の稽古や素振りでもそれなりの効果があるかもしれないけど、レベル２以上はたぶん戦闘経験的なものが重視されるんじゃないかと考えている。

　だから、この前とうとう【槍術】が5に上がった父さんとの模擬戦は、レベル２の僕にとっては効率のいい訓練になるはずなんだ。

「いいの!?　もう少しで【剣術】と【槍術】が上がりそうな気がしてるから、父さんが見てくれるなら助かるよ」

「おう！　任せておけ。だが、普通なら戦闘系スキルがレベル３相当になるのは冒険者を七、八年やってからだったりすることが多い。だから焦るんじゃないぞ、新米冒険者ならレベル２程度の腕があれば期待の星くらいの扱いになれるはずだから心配するな」

父さんが機嫌よくがははと笑いながら僕の背中を叩く。最近は僕の身体もがっしりとしてきたから父さんもあまり手加減をしないので結構痛い。

「また川辺に訓練に行くつもりだったし、いますぐやろうよ父さん」

「お？　成人してやる気だなリュー。よし、じゃあいっちょ揉んでやろう。先に行って準備運動しておけ」

「わかった！　一本取ったらって約束も忘れないでよ父さん」

「わかってる、わかってる。そんなに焦らなくても出発の時には貸してやるって言ってるだろ」

「そうだけど、一日でも早くアイテムバッグが欲しいから本気で一本取りにいくからね」

父さんとの模擬戦をよくするようになってから、もし一本取れたらアイテムバッグを借りるのを前倒ししてくれるという約束をした。まあ、約束してからもう二年くらい経つんだけど、モチベーションは高いほうがいい。それにこの四年で森に隠してある魔晶や素材も、それなりの量になっているから早めに回収もしておきたい。

「まだまだ、息子には負けられんよ」

笑いながら父さんが席を立ったので、僕も言われた通り先に行くことにする。

いつものように剣と槍を装備して家を出ようとした時、玄関の扉を誰かが激しく叩いた。

あ、これは駄目なやつだ。その扉を叩く音を聞いて、なぜか今日の父さんとの訓練が流れるだろうことをほぼ確信してしまった。

「ガードンさん！　ガードンさん！　すまないがちょっといいか！」

　扉の向こうから聞こえたのは人族のヒュマスさんの声だ。今日は西の門の警護についていたはずなんだけど。声の感じは切羽詰まったものじゃないから、魔物が出たとかではなさそうでちょっと安心した。

「ヒュマスさん、いま開けますから中へどうぞ」

　僕は玄関の扉を開けてヒュマスさんを中へと招き入れる。

「おう、リューマ君ありがとう。すまないね騒がしくして」

「なにかあったんですか？」

「いや、別に危険なことがあったわけじゃないんだが、この村にいつものトマス爺さんじゃない行商人がやってきて、村での商いを希望していてね。問題はないとは思うんだが一応ガードンさんの指示を仰ごうと思ったんだ」

　村人以外の村への出入りに関しての最終的な判断は、村の守護者である父さんの仕事だ。こんな僻地の村に、いつも善意で来てくれているトマスさん以外の行商人が来るのは、ポルック村ができてから初めてのはずだから、父さんに確認を求めるのは当然の処置だと思う。

「父さん！　ヒュマスさんが来てるよ！　ちょっと時間がかかりそうだから、僕はいつも通り川で訓練してくるね！」

　父さんとの模擬戦は残念だけど仕方ない。また夕方には付き合ってもらえるだろうし、それまではいつも通り訓練に勤しむとしよう。

外に出ると、最近独自に自主練をするようになったモフが気づいて近寄ってくる。すっかりモフの耳の間が定位置となっているタツマも一緒だ。

『きゅきゅ～ん』

「今日も精が出るねモフ。モフの成長具合はどう？　タツマ」

『おう、かなりいいぜ。もう角耳兎とは言えないくらい強い。たぶんウルフ系の上位種あたりとやってもなんとかなるんじゃないか』

おお、さすがは僕の相棒だぜモフ。可愛くて手触りがいいだけの女じゃない。

名前：モフ（従魔）♀
状態：健常
ＬＶ：11
称号：リューマのペット兼護衛（リューマの近くにいる時愛嬌＋1、ステータス微上昇）
種族：角耳兎
技能：愛嬌4（＋1補正）／跳躍4／毛艶4／蹴術2／槍術2／冷気耐性2／敏捷3
主人：リューマ

一緒に魔物を狩っているうちに、いつの間にかスキルが増えたうえに、僕のペットなのになぜか護衛まで兼任してくれているらしく称号が変わっていた。

見慣れないスキルとしては【蹴術】を覚えている。【蹴術】は【格闘】に統合される前の戦闘系スキルで蹴り技に補正がかかるスキルなんだけど、このスキルを取得したモフの、発達した後ろ脚での蹴りはかなりの威力がある。

あとショックだったのが、モフが硬質化させたあとの耳が槍扱いされたみたいで、モフが【槍術】を取得していたことだ。僕が長年頑張ってきて、いまだにレベルが2の【槍術】に、たった四年でモフは追いついてしまった。だけど、こればかりは仕方がない、モフの成長が早過ぎる。

「今日も川で訓練するけど、モフとタツマも一緒に行く？」

『きゅん！』

『置いていかれても自分で動くのはめんどくさいしな。俺も行くよ』

タツマはスライムの体だと、全身運動で移動するから結構疲れるらしい。だから基本的にモフの頭からは降りない。モフから離れるのは魔物の死体を処理するときか、食事の時……ていうかどっちも食べるときじゃん。

『それにしても、なんだか村が騒がしくないか？』

「うん、なんか西門の方に初顔の行商人が来たらしくてさ。ちょっと浮き足だってるみたい」

『ふ～ん、なるほどね』

タツマが気のない返事をしたところで、僕たちの後ろからふたりの男性が話をしながら西門方向へ走っていった。あまりの勢いに誰かすら確認できなかったけど、でも……

『おい！　聞いたかリューマ！』

「うん、聞こえた！　確かに美人のエルフがいるって！」

なるほど！　それは走って見に行きたくもなる。ポルック村はある意味種族の坩堝(るつぼ)だけど、エルフの人はひとりもいない。ドワーフなら鍛冶屋(かじや)のガンツおじさんがひとりいるんだけどね。エルフは基本的にどっかの秘境に隠れ住んでいて、あんまり俗世間に出てこないらしい。辺境最大の都市フロンティスに行けば街中でもたまに見かけることもあるみたいだし、エルフの冒険者もいないわけじゃないってことだけど、街に行ったことのない僕は勿論(もちろん)まだ見たことはない。

『やばい！　ドワーフもマジすげぇけどやっぱエルフっしょ！　スレンダー美女の代名詞エルフ！　リューマ！　リューマ！　訓練前に俺たちも見に行こうぜ！』

厨二病が治らないタツマはエルフと聞いて完全に箍(たが)が外れたらしい。っていうかエルフの人は僕も見てみたい……男として、仕方ないよね。

「よし！　じゃあ西門経由で行こう！　モフ、行くよ」

『よし！　全力疾走だモフ！』

『きゅう、きゅう』
……モフの鳴き声がなんとなく『やれやれ』と聞こえたのは、気のせいだということにしておこう。

「あれ、りゅーちゃん？　どうしたの、そんなに急いで」

げ……西門に走り始めた僕に声をかけてきたのはリミだ。リミも成人を半年後に控えて随分女らしくなってきて、最近はちょっとどきどきさせられることもある。

もともと猫人族(びょうじんぞく)の女性はスレンダーになりやすいらしくて、リミの腰回りは鍛えているのにほっそりとしていて女性らしい。それなのにお尻あたりは丸みが強調されているし、種族的にどうしてもこぶりになりがちな胸回りも大きいとはいえないけど年相応に充分なサイズに育っている。

っといけない！　タツマから余計な知識を引き継いだ上に、タツマ自身からもエロに関してフェチだの美学だのいろいろ教え込まれてしまったから、つい思考がエロ方面に傾いてしまった。

エロから思考をそらすために、物凄(ものすご)い勢いで父さんたちの教えを吸収しているリミの鑑定をしてみる。現在のリミは

名前：リミナルゼ
状態：健常
ＬＶ：５
称号：愛の狩人（思い人の近くにいるとステータス微増）
年齢：13歳
種族：猫人族
技能：剣術３／槍術３／弓術２／採取３／料理４／手当て２／裁縫２／解体１／敏捷２
特殊技能：一途
才覚：魔術の才《潜在》

はい、結局努力の甲斐なく【剣術】も【槍術】もつい先日、越えられちゃいました。まあ、レベルは魔物と戦っていた僕のほうが高いし、実戦経験やらスキルの多さやらを生かせばまだなんとか勝てるとは思うけど、これで【魔術の才】が開花して魔法までガンガン使いだしたら、僕よりよっぽどチートな気がする。

リミの成長の速さは間違いなく【一途】の効果だと思う。日頃の態度、そしてステータスでこうまで結果を見せつけられたら、本人から直接言われなくても僕って好かれてるんだなぁと気づかざるを得ない。もちろん僕もリミのことは好きだけど、最初は妹みたいな立ち位置でしかなかったはずなんだけど……これが思春期ってやつかも。

これから一緒に冒険者になるために旅立つって考えると、いろいろ期待やら不安やらたくさんあるけど……やっぱり最終的には楽しみで仕方ない。タツマが言っていたリア充ってやつかな。


「ねぇ！　りゅーちゃんってば。どうしたのって聞いてるんだけど？」

「ああ、ごめん。ぼうっとしてた。これからまた川に訓練に行くんだけどさ、その前に西門に来たっていう初顔の行商人を見て行こうと思ってさ」

「ふぅん、それでさっきから村がざわわしてるのか……じゃありミも見に行こうかな。それ見たら今日はリミも一緒に訓練したいんだけどいい？」

別に今日は訓練と見せかけて狩りに行くわけじゃないからリミが一緒でもいいか……父さんとの訓練は流れたけど、僕よりスキルレベルが高い相手との訓練という意味じゃリミも条件を満たしているしね……悲しいことに。

「いいよ、じゃあ西門経由で北門に行くけど装備は？」

「本当！　ありがとう、りゅーちゃん。最近はあんまり一緒に訓練してくれないから嬉しい！　武器は剣なら持っているから大丈夫だよ」

そう言ってリミは腰の後ろをポンポンと叩く。リミは片手剣じゃなくて小剣という短めの剣を二本使うから腰の後ろに横向きに鞘を装着している。引き抜くときは両手を後ろに回して同時に二本引き抜けるのが強み。腰にぶら下げる片手剣よりも邪魔にならないし、マントとかを羽織ればパッと見は丸腰に見えて、相手の油断も誘えるから素早い猫人族にはうってつけの武器だと思う。

リミもそう思っているみたいで【槍術】も3まで上げたみたいだけど、あんまり槍を持ち歩くことはない。

「了解。じゃあ早く西門に行こうか」

「うん！」

リミと一緒に西門に向けて歩いていくと少し先でモフが待っていてくれた。頭の上のタツマはモフに『早く行け！　エルフが！　エロフがぁぁぁぁ！』とかわけのわからない叫び声をあげているが、残念ながらモフは僕の相棒だから、タツマの言うことを聞いてあげる筋合いはないらしい。まあ、そもそも念話的なタツマの声がモフに聞こえているのかという疑問もあるんだけどね。

モフを連れて西門に行くと結構な人だかりができていた。そして、一見して男が多い……皆好きだなぁ。

一応行商人の馬車は門の中には入れてあげているみたい。馬車の陰でもぞもぞと作業をしているちょっと小太りの男の人、まあお尻しか見えないんだけど、そのお尻の主が行商人なんだろう。さすがにお尻に鑑定をかけたくないからたぶんだけどね。でもエルフの綺麗なお姉さんなら【鑑定】したい。

『おい、リューマ！　この位置からだと見えない！　エルフを！　俺にエルフを！』

あぁ！　もううるさいなぁタツマは。僕だってまだエルフを発見してないってのに、っていうか人が多すぎるうえに大人が前を塞いでてあんまり見えないんだよね。僕は一旦しゃがむと小声でタツマに話しかける。

「僕が持ち上げるよりも、皆の足元抜けて見に行ったほうが確実じゃない？」

『おお！　確かにそうだ！　最近モフで移動することに慣れ過ぎて自分で動くという選択肢を忘れてたぜ！　じゃあ、ちょっくら行ってくる』

「はいはい、もし戻ってきて僕たちがいなかったらいつものところな」

『わかった！　いつもの川っぺりだな』

タツマは嬉々としてモフから跳び下りると人混みの足元をぬる、ぴょん、ぬる、ぴょんとすり抜けていった。あいつもこの四年で随分素早くなったよなぁ。死体しか食べてない割にはレベルもふたつ上がってるし、【再生】スキルも再取得していた。

名前：タツマ

ＬＶ：３
称号：異世界の転生者（スキル熟練度上昇率大、異世界言語修得、＊＊＊＊）
　へたれ転生者（悪運にボーナス補正、生存率上昇）
年齢：－
種族：スライム
技能：再生１
特殊技能：－
才覚：－

　それでも悲しいかな、所詮はスライムなタツマだったが一緒に生活している限り特に不満もないらしく、それなりに異世界生活を楽しんでいるみたいだ。

　さて、と。じゃあ僕も噂のエルフを見てこよう。人混みの隙間を探して右往左往して一瞬見えた金色の光に足を止める。あれかな……

　背伸びをして角度を変えると、馬車からなにか大きな香炉のようなものを降ろそうとしている金色の髪の美女がいた。

　おおおおおお！　あれがエルフか！　凄い美人だ。しかも、エルフっていうとスレンダーな人が多いっていうイメージだったのにあの人……なんていうか、谷間とか……凄い。

っと、一応鑑定、鑑定。どうせならスリーサイズとかも鑑定できたら面白いんだけどね。

名前：深森のシルフィリアーナ

へぇ、エルフって名前になんか二つ名みたいのがつくのかな。

ＬＶ：22

レベルも22か……結構高いな。やっぱり行商なんかしていると、魔物とかと戦うことも多いのかも。それにしてもあの胸は凄いな、荷物を降ろす時の揺れっぷりが……あ！　駄目だ、あんまりじろじろ見たら失礼だよね。タツマに毒され過ぎだな僕も。さて、残りのステータスは……

「いててて！　ちょっと！　どうしたのリミ、耳を引っ張ったら痛いってば！」

「もう充分見たでしょ！　さっさと訓練に行こう！　……じろじろじろじろ、いやらしいんだから、もう！」

結局僕はせっかくのエルフの鑑定結果を確認しきれないまま、ぷうぅと頰を膨らませたリミに引き摺られるように北門へ連行されていく。

『ちょっと……あれ、まず………ねぇか。あっちのエル……闇……で…配され……。しかも、ありゃあ……』

距離が離れ、どんどん不明瞭になるタツマの念話に、伝わるかどうかはわからないが『先に行く』と伝えておいた。

「は！」
「うわっ！」
「今度はこっち！」
「にゃぁ！　また負けたぁ！　おかしいなぁ、剣も槍も私の方がうまく使えるのに模擬戦するといつも負けちゃう」

僕の足払いで、とすん（決して『どすん』と言ってはいけない）と尻餅をついたリミが悔しがって頬を膨らませている。そんなリミに僕は手を差し出しながら、表向きは余裕を装いつつ内心ではギリギリだった戦いをなんとか拾えたことに胸を撫で下ろす。

スキルだけで言えば既にリミの方が【剣術】も【槍術】もスキルレベルが上なのでまともに

戦えば勝つのは難しい。ただ、僕の場合は【格闘】が全体の動きをサポートしてくれるし、槍を使う時は【棒術】のスキルも作用するのでなんとかやりあえる。なによりレベルが僕のほうが高い。レベルの高さは基礎の運動能力に直結するから、リミの倍以上のレベルを持つ僕が彼女よりアドバンテージがあるのは当然だ。

……まあ、それでも結構ぎりぎりなのは種族的な能力差からだと思いたい。

あとは、魔物との実戦経験が多いことも大きな理由かな。魔物は当然人型のものばかりじゃないから、普通に考えたら効率的とは思えない動きをしないと攻撃が当たらない相手もいる。そして、意外とそういう動きは対人戦では隙が多いながらも、意表を衝けたりするみたいで使いようによっては効果的だったりするんだよね。

「よいっしょっと。ありがと、りゅーちゃん」

「でもリミの方が凄いよ。僕は五歳からやっているのに、もうリミには剣や槍の扱いでは追い越されちゃってるからね」

「え～！　まだ一度も勝ったことないのに、そんなこと言われても信じられないよ」

「いま、僕が勝ててるのは僕のほうがほんの少しだけ実戦経験が多いからだよ。リミがいままで通り父さんたちとしっかり訓練したら、この街を旅立つ頃にはもう僕じゃ勝てなくなっている可能性が高いんじゃないかな？」

父さんたちとの約束通り、僕の【鑑定】や【技能交換】の話はタツマ以外には話していないから、リミにスキルレベルを明かして証明ができないのが困ったところだ。でもその縛りも、あと半年経ってリミと一緒に旅立つ時には完全になくなる。なぜなら旅立ったあとは、誰かに秘密を話すのも、どこまで秘密を守るのかも自分で考えて決めるようにと言われているから。言うなと言われれば守るのは簡単だけど、自分で考えろと言われるとこれが結構難しい。でも、少なくとも出発したらリミにはすぐに打ち明ける。それだけはもう決めている。

「そうかなぁ……な～んかりゅーちゃんには勝てない気がするんだよね」

「もちろん、僕だって簡単に負けるつもりはないからね。そう思ってもらえるのは嬉しいかな。さて、ちょっと休憩しようか」

「は～い」

いつもの訓練場所に来るまで駆け足で十分くらい、そのあと立て続けに剣と槍で二試合分、だいたい三十分くらいの間、模擬戦をしていたので結構疲れている。

川っぺりで丸くなって寝ているモフの上に置いていたタオルを冷たい川に浸してから、ぎゅっと絞ると広げてリミへと渡す。

「あぁ～冷たくて気持ちいい～」

汗ばんだ顔や首元を拭うリミはちょっと色っぽくてドキドキしてしまう。……っといかんいかん。まだリミは成人もしてないのにそんな目で見たらダメだ。ちょっと名残惜しいが視線を無理矢理引きはがすと川の水で顔を洗う。今は春から夏への変わり目だから気温も暖かで冷た

い水がとても気持ちいい。

「はい、りゅーちゃんタオル」

「ありがとうリミ」

差し出されたタオルをそのまま使うのは気恥ずかしいので、一応川の水にさっと潜らせてからまた絞って汗を拭う。

「やっぱり、相手がいるといいね」

「ふふふ……ひとりだと寂しいんでしょ」

「そ、そんなことないよ。僕にはモフがいるし、スライムのタツマもいるからね」

と、リミに言い返してはみたものの、モフは喋れないし、タツマとの会話は賑やかすぎるうえにいろいろ毒されるのでずっと一緒にいると気疲れしてしまう。そして、なによりモフとタツマでは訓練の相手にはなってもらえない。

「そっか……本当にりゅーちゃんは、モフちゃんとタツマ君を大事にしてるんだね」

「ん、そうだね。モフはもうペットというより相棒だからね。……だけど、タツマはなぁ……大事にしているっていうのとはちょっと違うんだよね……なんて言えばいいんだろう？」

改めて考えてみると、タツマの存在は僕にとってどういうものなんだろう。もともとは僕の体を乗っ取ろうとしていたんだから敵みたいなものなんだろうけど、それに失敗してからは保護対象？　……でも異世界の知識でいろいろ助けてもらってるしなぁ。

「……そうだなぁ……同盟相手かな？」

「え？　……ふふふ、おかしなりゅーちゃん。スライムが同盟相手だなんて、ちょっと突っついたら死んじゃう同盟相手じゃ大変だね」

どうやら僕がスライムを同盟相手と呼んだことはリミのツボにはまってしまったらしい。まあ、この世界で最弱と言ってもいい生物を同盟相手として扱うのは確かにおかしな話か。

『…………………………………………ァ!!!』

ん？　噂をすれば、タツマも追いついてきたかな。

『リユ………………むら………………い!!!』

エルフ見物を思う存分堪能(たんのう)したのか、だいぶ興奮している？　……いや、なんか焦っているのか？　タツマがこれほど動揺しているなんて初めてじゃないか？

なんだ？　……胸騒ぎがする。念話に効果があるかどうかわからないけど……耳を澄ませてみるか。

「りゅーちゃん？　急に怖い顔してどうしたの？」

リミが雰囲気が変わった僕を心配して声をかけてくれるが、僕は唇の前に人差し指を当てて静かにするように伝える。そうするとさっきまでは途切れ途切れだったタツマの声がクリアに聞こえてくる。

『リューマァ！　聞こえたら返事しろ！　村が襲われてる！　このままじゃ全滅するぞ！』

『は？　…………なにを言ってる……そんなの嘘に』

いや、タツマが嘘をつく理由がない。だけど……振り返った先。ジドルナ大森林の方角から魔物が来ているような雰囲気はない。魔境産じゃない魔物なら父さんたちがそうそう負けるはずが……。

『リューマ！　良かった！　届いたか！　村に来ていた行商人がエルフに召喚させた魔物がいきなり村の中に現れたんだ！　レベル50越えのやばい奴だ！　フレイムキマイラっつう炎に包まれて火を吐くキマイラ！　とてもじゃないがいまの俺たちじゃ勝てねぇ！　このまま逃げるしかない！』

『馬鹿野郎！　なに言ってんだよ！　村が危ないんだ！　父さんや母さんやミランおばさんやデクスおじさんがいるんだよ！　見捨てて逃げられるわけないじゃないか！』

『……あぁ、そうだよな。お前はそういう奴だった。だったらやれるだけやるしかねぇ！　もし勝てる可能性があるとすりゃ、お前の親父さんやおふくろさんと協力して戦うことだけだ！　だから一秒でも早く村へ！』

「くっ！　リミ！　モフ！　急いで村に帰るよ！」

リミとモフに声をかけ、僕は置いてあった槍と剣を持つと走り出す。僕の声で即座に起きたモフの動きも速い、僕が走り出すと同時に僕の前を走っている。

リミもわけがわからないなりになにかを感じたらしく、すぐに武器を持ってあとを追いかけてくる。持久力では僕のほうが上だが瞬発力はリミのほうがある。すぐに追いついてきたリミになんと伝えようか一瞬迷ったが、隠せるようなことでもないとすぐに結論が出る。

「ちょ！　りゅーちゃん！　急にどうしたの！」

「村が魔物に襲われている！」

どこか半信半疑なリミを引き連れ全力で村への道を走る。できることなら僕だってタツマのドッキリであってほしい。ドッキリとしてはかなり悪質だが、村と皆が無事なら一度は許してやらないこともない。

『きゅん！』

僕の前を行くモフが走りながら鳴き声をあげる。どうやら進路上で飛び跳ねている緑色のスライムを見つけたらしい。

「タツマ！」

『すまん！　足が遅くて連絡が……』

すれ違いざまにモフの頭に飛び乗ったが、それが最後の力を振り絞ったジャンプだったらしくいつもより、でろりとした張りのないボディのタツマ。くっ……ここまでしてタツマが嘘をつく理由がない。

「どうなってるの？」

『はぁはぁ……あぁ、どうやらあの行商人は人魔族らしい』

人魔族？　……そんなのいまはお伽話の中でしか聞かないような伝説の種族じゃないか。昔話の中じゃ魔人族とか魔族とか呼ばれることが多くて、大体話の中では全ての人類の敵として描かれている。人魔族という名称は、村で最年長の村長さんが僕やリミに話を聞かせてくれた時にうんちくのひとつとして教えてくれた。世間的にはあまり知られていない呼び方らしい。

「なんでそんなものが……」

呆然と呟いた僕の言葉を爆発音が打ち消した。

「きゃあ！　…………え？　……あ、あぁ……本当に、村から煙が」

「くそ！　父さんならレベルで負けてても一体くらい！」

全力で走っているはずなのになかなか近づかない村に苛立ちを感じつつも、それでも父さんならと思う。特に母さんとふたりで戦うときの父さんは本当に強い。きっと僕たちが着いたら

『やれやれ、また家を建て直さなきゃな』なんて言いながら皆と笑っているはずだ。

『……リューマ。実は、あのボインのハイエルフなんだが、どうも人魔族の【闇術】で精神支配されているらしくてな』

え……彼女はただのエルフじゃなくて、ハイエルフだったの？　それに精神支配？　……そうか、きちんと【鑑定】する前にリミに連れ出されたから状態の確認まではできなかったんだ。

『それでな、あのとき出していた香炉、あそこで焚かれた怪しげな草とあのハイエルフが持っていた【光術】の組み合わせで、あのあたりにいた村人たちは全員麻痺している。あのあとすぐにお前の親父もあそこに来ていたから……』

……………う、うそだ。と、父さんが、戦えない？　そんな状況で勝ち目なんて！　くそ！　くそ！　早く動け足！　たとえなにもできなくても、僕だって！

「僕だってポルック村の一員だ！　皆のためになにかをするんだ！」

「りゅ、りゅーちゃん……うん、うん！　私だっていっぱい訓練したんだもん。なにかができるかもしれない。お父さんやお母さんたちを、皆を助ける！　私だってポルック村が大好きなんだから！」

『きゅきゅん！』

『よく言った！　俺もできる限り力を貸すぜ！　スライムだけどな！』

僕たちは黒煙を目指して走った。これだけ無茶な走り方をしたら苦しくなってもおかしくないのに、息は上がっていても苦しいとは思わなかった。それはたぶんリミも同じ。苦しいと感じるよりも焦燥感のほうがはるかに上回っていたんだ。


「ああ！　北門が！」

やっとたどり着いたポルック村の北門は無残に崩れ落ち、ところどころに火が燻っていた。

たぶんタツマが言っていた魔物が火のブレスを吐いて、その余波でも受けたのだろう。

僕たちは乗り越えられそうな箇所を見つけて北門を乗り越え、そこで言葉を失った。

「ポルック村が……燃えている」

僕の【遠目】と【俯瞰】のスキルで強化された目は、ポルック村の惨状を容赦なく視界に放り込んでくる。西門の辺りに赤い炎に包まれた象ほどもある獣が見える。そしてその獣のいる位置から北門のほうへと一本の道のように穿たれたブレスの跡。そして、逃げ惑う村の人たち……

ブレスが直撃したと思われる経路の家屋はすでに原形を留めていない。家の中にいた人たちは絶望的だろう。

周辺はブレスの余波なのか炎に包まれつつあり、ブレスの通過した跡に下半身を炭へと変えたサムスさんが見える。北門の見張り櫓が倒され、上にいたらしいホクイグさんが崩落の際に投げ出されたらしく、あり得ない方向に首を曲げて横たわっている。燃えて崩れた家屋の下に、僕が作った揺り椅子の残骸と一緒にネルおばあちゃんの足が見える。

こんな、こんなことが……ほんの一時間前までは皆、いつも通り笑っていたのに。

『リューマ！　しっかりしろ！　まずはお前の親父さんたちを探すんだ！　もしあいつをなんとかするなら親父さんの力が必要だろ！』

はっ、そうだ！　父さんと母さんを探さなきゃ。村の守護者の父さんとその伴侶である母さんは絶対にあのフレイムキマイラに立ち向かっているはずだ。だったら僕も行かなきゃ。

「リミ！　僕は父さんと母さんを探しに西門に行く。リミは逃げている人たちを東門と南門に誘導して！　おじさんとおばさんも心配だと思うから探しながらでいい！」

「……」

返事がないので振り返ると、口に手を当て青い顔をしたリミがぶるぶると震えていた。

こんな状況を目の当たりにしたら無理もない。僕だってタツマが発破をかけ続けてくれなければ座り込みそうだ。でもいまはこんなときだからこそ、しっかりしなくちゃいけない。

「リミ！」

「にゃはい！」

リミの頬を両手でパンと挟み込み、顔を近づけて声をかける。

「村の人たちを東門と南門へ誘導、おじさんとおばさんの捜索。いいね！」

「う、うん。わかった。りゅ、りゅーちゃんは？」

「僕は父さんと母さんを探して、あいつをなんとかしなきゃ。だから村の人たちを避難させるのはリミに任せる、行って！」

「はい！」

なんとか持ち直したリミが、逃げ惑う村人たちに声をかけながら東門方面へと走っていく。

僕も早く行かなくちゃ。

『リューマ、【隠密】は全開にしておけよ。モフと俺にもな。近づく前に焼かれたらまずいからな』

「言われなくてもわかってる！　行くよモフ、タツマ！」

【隠密】と【統率】を全開にしながら、フレイムキマイラに向かって走る。モフには父さんの匂いを探してくれるように指示済みだ。はっきり言って父さんがすでに死んでいたとしたらあいつを倒すのは絶望的だ。ていうか無事でいてよ！　父さん！

フレイムキマイラのブレスに巻き込まれるのは恐ろしいけど、【隠密】を信じてフレイムキマイラからは丸見えでも最短距離のブレスの通過跡をあえて走っていく。すると、フレイムキマイラの周囲を何かが動き回っているのが見えた。

西門で召喚されたはずの魔物がどうして未だにこの付近に留まっているのかと思っていたけ

ど、どうやら村の皆を逃がすために身体を張っている人たちがいたらしい。

「ヒュマスさん！」

フレイムキマイラから離れた位置で矢を射て牽制をしていたヒュマスさんを見つけたので後ろから声をかける。

「おお！　びっくりした、いつの間に……リューマ君！　無事だったか！」

隠密状態で声をかけた僕に一瞬だけ視線を向けたヒュマスさんは、すぐにまた弓に矢をつがえる。フレイムキマイラの周囲ではドワーフのガンツさんが大きな槌を、人族のダイチさんが大剣を振り回してフレイムキマイラの注意を引きつけている。だけど、そこから少し離れたところには槍を持ったままの猪人族のイノヤさんが血まみれで倒れ伏していた。

「ヒュマスさん！　父さんと母さんはどうしたんですか！　ふたりがいればもっと！」

これ以上村人たちに犠牲が出てほしくない。この場をなんとかするためには父さんたちの力が必要だ。

「ガードンさんは麻痺をしていて動けない。さっきまではマリシャさんが皆を指示して戦ってくれていたんだが、さっきのブレスで……」

「母さんは大丈夫なんですか！」

「……生きてはいる。だが、ブレスの近くにいたせいで火傷が酷いのと炎を吸い込んだらしくて声が出せないんだ」

くそっ！　声が出せなかったら呪文を唱える魔法は使えない。ということは母さんの【回復魔法】も使えないってことだ。

「父さんと母さんはどこですか？」

「ふたりは村の希望だ。近くにいた者に頼んでふたつ先の路地裏に隠れてもらっている」

「わかりました！　父さんたちは僕がなんとかします！　もう少しだけあいつを引きつけておいてください！」

「……わかった。頑張ってみるよ。でも長くはもたないよ。狩りに行っているシェリルたちが戻ってきてくれるといいんだが、たぶん間に合わないだろうな」

ヒュマスさんの声には諦めが滲んでいる。父さんと母さんが動けない状態じゃ悲観したくもなるだろう。

「なるべく早く戻ります。死なないでくださいよ、ヒュマスさん」

ヒュマスさんはまた一つ矢を放つと、位置を変えつつ手だけを振ってくれた。これ以上誰かを死なせないためにも父さんたちをなんとかしなくちゃならない。

走り出した僕の視線の先に、すでに父さんの匂いを捉えていたのか、モフが目的地の路地の入り口で僕を待っていた。頼りになる相棒である。

「父さん！　母さん！」

「リューマちゃん！　良かった！　マリシャさん、リューマちゃん、生きてましたよ！」

モフの示す路地に駆け込むと父さんと母さんは路地裏に寝かされていた。そのふたりを管理所で働いている兎人族のラビナさんが看病してくれている。

近づいてみると、父さんのほうは特に目立った外傷はないけれど、ヒュマスさんが言っていたとおり麻痺しているらしく、身体が動かせない自分の不甲斐なさを憤ってか、怒りを湛えた瞳を魔物のいるほうへ向けていた。僕の声に気づき、僅かに動かせる視線で僕の姿を確認した父さんは明らかに安堵の表情を浮かべた。

僕はひとまず父さんに頷きを返すと母さんの様子を見る。

母さんは……濡れたタオルで全身を覆われていた。きっと火傷が広範囲に及んでいるということだろう。中二の知識を得た僕は全身の何十パーセントかが火傷すると命が危ないと知っている。早くなんとかしないと母さんが死んでしまう。母さんは目と口の周りだけが外気に晒されている状態だけど、僕を見た瞳がなにを言っているのかはすぐにわかった。

『逃げなさい！』だ。

「ダメだよ母さん。ふたりを置いて逃げるわけにはいかない。ラビナさん、どこかから水を汲んできてもらえますか？　危ないのでなるべく魔物から遠ざかる方向で探してきてください。父さんたちは僕が看てますから」

「わかりました。すぐに戻りますから、そうしたらふたりで協力してガードンさんとマリシャさんをもう少し安全な場所へ移しましょう」

その言葉に頷いた僕を見て、ラビナさんは水を探しに恐る恐る路地裏を出ていった。今のうちだ！　まずは危険な母さんの方から。
「母さん！」

名前：マリシャ
状態：瀕死（火傷）
ＬＶ：31
称号：守護者の伴侶（守護者の近くでの戦闘時ステータスＵＰ　小）
年齢：34歳
種族：人族
技能：剣術４／槍術２／弓術２／採取２／解体１／料理３／手当て４／狩猟２／裁縫２／掃除２／育児２／回復魔法２
特殊技能：なし
才覚：剣術の才

やっぱり状態がやばい！　まずは火傷をなんとかしなきゃ！　訓練でちょいちょい怪我をする僕とリミを治療するために使ってくれていたおかげで、【回復魔法】のレベルが上がっているのがありがたい。

「母さん！　母さんが呪文を唱えられないなら、僕が母さんに【回復魔法】をかける。スキルを交換するよ」

母さんの目が一瞬驚きで大きくなったが、すぐに納得がいったらしく目で了承してくれた。

【技能交換(スキルトレード)】
対象指定「回復魔法2」
交換指定「再生2」
【成功】

よし！　同レベル同士だし母さんの同意もあるから失敗はしないと思ったけど成功してよかった。大きな火傷を負ってしまった母さんを助けるためには、初めて使う僕の【回復魔法2】の効果だけでは不安だったので皮膚の再生の助けになればと【再生2】を渡した。これでいくらか助かる可能性が増えてほしい。

すぐさま僕は回復魔法を使うためにイメージを練る。魔法に関してはタツマから厳しく指導されている。

『呪文を唱えるなんて邪道だ！　無詠唱がテンプレだ！　スキルさえあれば魔法なんてイメー

ジでなんとかなる！』という教えのもと、魔物と交換した【風術】と【水術】を無詠唱で使えるようになるまで練習した経験がここで活きる。

【回復魔法】を使うためのイメージはしたことはないけど、いつも綺麗で自慢だった母さんの姿を僕はよく知っている。治る過程はイメージできなくても、いつもの母さんをイメージすることはできる。

母さんの顔に左手の平を、下腹部辺りに右手の平をかざして【回復魔法】の力が母さんを包み、循環するイメージ。そしてそれに伴って、【再生】スキルと【回復魔法】が助け合って元の母さんに戻るイメージ。

目を閉じてそれだけを一心にイメージする。身体から魔力とか気力とか呼ばれる体力とは違う内なる力がどんどんと抜けていくのを感じるが、まだだ！　まだ足りない！　もっと力を絞り出せ！　母さん。僕のたったひとりの母さんを奪わせない！　僕の魔力なんて全部くれてやる！

「……リュ……マ…………も……丈夫よ。……がとぅ」

「母さん！」

集中していた僕の手を優しく包む感触と、かすれてはいたけどいつもの安心する声。目を開けてみると幾分落ち着いた感じの母さんの目が涙に濡れていた。きっと優れた冒険者だった母さんは、自分の傷がもう助からないものだと理解していたんだと思う。

　だけど、今の治療で助かるかもしれないと思って安心したのかもしれない。その涙が流れる顔の皮膚もさっきに比べればかなり綺麗になっている気がする。これなら後は【再生】スキルに任せておけば火傷で死んでしまうことはないはず。

「リュ……マ……お、と……うさんを」

「うん、わかった。ちょっと待ってて、ラビナさんが戻ってきたらふたりで東門のほうへ逃げてね」

【技能交換】を隠すためにラビナさんを遠ざけたけど、こうなってくると早く戻ってきてほしいと思ってしまうのはわがままだろうか。

　でも、よく考えたらまだ戻ってこられたら困るんだった。早く父さんを回復させてあげなくちゃ。ヒュマスさんたちだって長くは持ちこたえられないって言っていたんだから。

　僕は後ろ髪を引かれつつも母さんのそばを離れて、父さんのもとへと移動して【鑑定】をかける。

名前：ガードン
状態：麻痺（強）
LV：38

称号：村の守護者（村近辺での戦闘時ステータス　微増）
年齢：37歳
種族：人族
技能：槍術5／剣術2／弓術3／採取2／解体2／料理1／手当て3／狩猟3／育児1
特殊技能：気配探知
才覚：槍術の才

うん、やっぱり麻痺だ。しかも結構強いものらしい。普通の麻痺ならいけると思ったんだけど強麻痺でも大丈夫かどうかはやってみないとわからないか。

「父さん、今から【技能交換】するから受け入れてくれる？」

父さんは僕の問いかけに目線だけではっきりと『お前を信じている。好きにやれ』と言ってくれた……気がする。

よし！　あとはやるしかない。

【技能交換】
対象指定　「狩猟3」
交換指定　「麻痺耐性2」

【成功】

強麻痺が僕の持っていた【麻痺耐性2】で消えるかどうかは賭けだ、うまくいってくれ！

「……よくやった！　リューマ！」

「父さん！　うまくいってよかった」

父さんはむくっと身体を起こすと僕に一言声をかけ、すぐに母さんのもとへと向かった。

「マリシャ……すまなかったな。俺が不甲斐ないばかりにお前を矢面（やおもて）に立たせてしまった」

母さんの手を握る父さんの肩が少し震えている。

「あな……た」

「喋らなくてもいい、お前の言いたいことはわかる。何年一緒にいたと思っている。……ああ、そうだな。リューマは立派に成長した。お前はそれが嬉しいんだな」

え……さっき母さんが泣いていたのって……命が助かったからじゃなくて、僕が立派になっていたから？　やばい、こんなときなのにちょっと目から水が……

「お待たせしました！　って、えぇ！　ガードンさん動けるようになったんですか！」

「ああ、心配かけたねラビナ。私とリューマはこれから魔物を足止めしに行く。だから君はマリシャを連れて村の外へ避難していてくれ。マリシャも肩を貸してくれればなんとか歩けるはずだ」

「え？　……そんなはずは」

「よろしく頼む」

「は、はい！　わかりました」

父さんが戻ってきたラビナさんに頭を下げつつも有無を言わせず指示を出す。なんか父さんから指示が出されることに凄く安心する。これが長年村を守ってきた守護者としての貫禄なのかもしれない。

「行くぞ。リューマ」

「はい！」


路地裏を出ていく父さんの後ろをモフとタツマと一緒についていく。これから危険な場所に行くというのに、僕を連れていくという姿勢を父さんは崩さない。これはたぶん僕を一人前と認めてくれたということだと思う。今まで厳しく訓練はしてくれていても、どこか見守ってくれている感じだったのにいまはその甘さがない。それはとても大きなプレッシャーとしてのしかかってくるけど……それ以上になんだか嬉しく思ってしまう。

父さんの早足での移動は路地裏を出てからも淀みがない。父さんには【気配探知】があるから魔物の位置はすでに把握済みのはず。それでも駆け出さないのは、本当に麻痺の影響が消えているのかどうかを、動きながら確認しているのかもしれない。

「リュー、なにを交換した」

「僕の【麻痺耐性】と、父さんの【狩猟】を交換したんだ」

「母さんは？」

「母さんには【回復魔法】をかける必要があったから、母さんの【回復魔法】と僕がスライムと交換していた【再生】を交換した。母さんの体力が回復すれば【再生】スキルも強く働くから、身体の火傷もどんどんよくなると思う」

「そうか……いろいろと聞きたいことはあるが……まずはよくやってくれた。おかげで父さんも母さんも助かった。戦闘系のスキルに変更がないならいつも通りに戦えるな。あいつの【鑑定】はしたか？」

「ごめん……あいつをなんとかするにはまず父さんの力が必要だと思ったから、すぐに離れちゃったんだ」

「いや、構わないさ。お前が急いで来てくれていなければ母さんは危なかった」

　立ち止まって僕の頭を撫でた父さんは、その場で屈伸や柔軟などの動きを始める。

「よし……麻痺の影響は完全に抜けた。ここからは走るぞ！　リューはまず魔物の【鑑定】を頼む。それからは俺の指示に従え」

「はい！」

　父さんと一緒に走るとすぐにさっきヒュマスさんと話した場所に出る。だけど、戦場はもう移動しているらしく、ここにはフレイムキマイラはいない。

「イノヤ……俺が不甲斐ないばかりにすまん。この槍使わせてもらうぞ」

父さんはすでにこと切れていたイノヤさんが握っていた槍を手に取ると、再び走り出した。

「ガンツ！　ダイチ！　一旦引け！　しばらく俺が引き受ける。リューマから治療を受けろ。リューマ【回復魔法】が使えることは隠さなくていい、ふたりを助けてやってくれ」

「わかってるよ、父さん。僕の秘密なんかより村の皆のほうが大事に決まってる。父さんも気をつけて、鑑定結果は叫ぶから」

父さんは僕を見てにかっと男臭い笑みを浮かべると、僕の頭をひと撫でしてフレイムキマイラに向かっていった。

父さんが戦闘に参加しても、ガンツさんたちが離脱するのはタイミングを見てになるだろう。いまのうちにフレイムキマイラの【鑑定】を。

フレイムキマイラ
状態：健常
ＬＶ：52
技能：爪術４／跳躍４／敏捷４／格闘３／火術２／火無効５／威圧２
固有技能：炎身

くそ、やっぱりレベルが高い。それに固有技能の【炎身】、あれがあいつを覆っている炎の正体か。【火術】も使えるみたいだけど、レベルは2だし脅威度は低い。その他のスキル構成から推測すれば、炎を纏った身体を利用した肉弾戦を得意としているみたいだ。それに【火耐性】の上位スキルらしき【火無効】なんて持っている。ブレスとかに該当するスキルは見当たらないけど、魔物の種族的な特性の技はスキルとは違うということか。

「父さん！　フレイムキマイラレベル52！　火属性無効、火術2、爪4！　跳躍、敏捷ともに4、格闘3！　肉弾戦向きの構成！」

　僕の声が聞こえたらしい父さんが軽く手を上げて応える。そして父さんが参加したことで圧力が減ったのを見越してガンツさんとダイチさんが下がってくる。たまに矢が飛んでくることから、ヒュマスさんもまだどこかから援護をしてくれているんだろう。

「リューマくん！　大丈夫なのかい、君がこんなところにいて」

　肩を大きく上下させながら戻ってきたダイチさんの身体には無数の火傷に加えて、爪がかすめたのか出血をしている箇所がいくつもある。

「はい。父さんも承知のうえです。じっとしていてください。気休め程度ですが治療します」

　訝るダイチさんを無視して、さっき覚えたばかりの【回復魔法】を使う。ただ母さんを治療した時にほとんどの魔力を使ってしまっていて、まだ回復しきっていないので効果は弱いかも知れない。だけど、父さんがふたりを下げたのは治療のためでもあるけど、少し休ませるという意味合いのほうが大きいと思う。

「ふん、リューマも漢だ。やる時はやる」

ダイチさんに僅かに遅れて戻ってきたガンツさんが大槌をドスンと地面に置く。だが、その眼を父さんとフレイムキマイラから離しておらず、何かあれば飛び出す気なのがわかる。ドワーフはタフな種族だけあって体力的にはまだ余裕がありそうだ。

それにガンツさんは鍛冶師をしているせいか、火に対する耐性スキルを持っている。そのおかげでダイチさんよりもダメージが格段に少ない。パッと見は治療が必要な部分はなさそうに見える。

「すいません、ダイチさん。僕の力ではここまでです」

「いや……いつの間にリューマくんまで【回復魔法】を……マリシャさんに教わっていたのかい」

出血が止まり、幾分火傷の痛みも消えたのだろう、ダイチさんが驚いた顔で僕の顔を見る。【回復魔法】を使えることはバレてもいいけど、どうして使えるのかを説明するのは時間もないし、面倒だ。

「まぁ、そんなところです。ガンツさんは治療は必要ないですか」

「ダイチ、いまはそんなことはどうでもいい。リューマ、儂に治療はいらん。それよりもさっき言っていたのは本当か？」

　ガンツさんが置いていた大槌を再び持ち上げる。

「え？」

「あいつのレベルだ」

「……はい」

「それはマズいね。とても私たちだけでどうにかできるような相手じゃないよ。村人の避難はどうなっているのかわかるかい、リューマくん」

　ダイチさんが軽く天を仰いでため息を漏らす。

「はい、リミにお願いして、南門や東門から逃げるように伝えてもらっています。ダイチさんたちがあいつを西門に足止めしてくれていたおかげで避難は順調だと思います。ただ……」

「わかっておる。村から逃げたところであいつをなんとかせねば、追いかけられたら逃げきれぬ。戦えるのが儂らしかおらん以上は、儂らでなんとかするしかあるまい。そのレベルではガードンでもきつかろう。儂も行く、お前は気力が回復したら来い。無理なら避難した村人たちの護衛に回れ」

　ガンツさんは結局一度も僕の顔をまともに見ることなく、フレイムキマイラとの戦いに戻っていった。ダイチさんに残した言葉は、今までの戦いと相手のレベルを聞いたことで心が折れかけているダイチさんを気遣ってのことだろう。

たぶんいままでは父さんがいなかったことで、なんとか村人のために踏ん張れていたんだと思う。でも父さんが戻ってきて、ちょっと安心してしまったところに魔物のレベルという実力差を突き付けられて、保身の気持ちが出てしまったのかもしれない。でも、あんな奴を相手に傷だらけになりながら、いままで頑張ってくれたダイチさんを責めることなんてできない。

「ダイチさん、村人の避難誘導に向かったリミが心配です。逃げ遅れた人がいないかを確認しながら、リミを助けに行ってあげてくれませんか。お願いします！　リミは僕の大事な幼馴染みなんです」

ダイチさんは僕のお願いに一瞬、驚愕の表情を浮かべたがすぐに眉を寄せた。僕のお願いの本当の意味に気づいてしまったのだろう。

「……リューマくん。君は怖くないのかい？」

「……怖いですよ。でもダイチさんだっていままで戦っていたじゃないですか。そんなにたくさんの傷を負ってまで……どれも一歩間違えば死んでいた傷ですよ」

おそらく、状況の悪さから半ば開き直っていたために恐怖に竦むことなく戦えていて、それがうまく幸いして紙一重で致命傷を受けなかった。でもいまの精神状態で戦闘に復帰するのは正直危ない、ガンツさんの見立ては正しい。

「行ってください。逃げた人たちにだって護衛が必要です。もし、僕たちがここで負けてしまったら、そのときこそもう一度その大剣を振るって皆を守ってください」

「……わかった」

　ダイチさんは目を閉じると大きく息を漏らす。

「ここを離れる以上、必ず村の皆を守るよ」

「はい、お願いします」


　何度も後ろを振り返りつつ走っていくダイチさんを見送ってから、僕も槍を持ってフレイムキマイラに近づく。

　いまのところ、父さんが正面で注意を引きつけてガンツさんが横や後ろから大槌を叩き付けるという形で膠着(こうちゃく)状態に持ち込んでいるみたいだ。

「父さん！　ダイチさんには村人の護衛に回ってもらったよ」

　返事はなくても構わない。正面でフレイムキマイラの炎を纏った爪を避けつつ攻撃をしている父さんは、のんびり会話なんてしていられないだろうから。と、思ったらさすがは父さん。相手の攻撃を受け流しつつも会話をする余裕はあるらしい。

「リュー！　こいつは固い！　ガンツの武器ならなんとか衝撃が通るが、俺のこの槍ではレベル差もあって通用しない！」

　元々は母さんが使っていた父さん愛用の槍は、最初のごたごたで行方不明らしい。父さんが避難させられていた場所にもなかった。いま使っているのはさっきイノヤさんから引き継いだ普通の鉄の槍。父さんが愛用していた迷宮(ダンジョン)からドロップした槍とは性能が違う。

「受けに徹していれば、しばらくはなんとかなる。リュー、こいつを召喚したエルフを探せ！ もしかしたらそいつを倒せばこいつも消えるかもしれん！」

『なるほどな、さすがにリューマの親父は目のつけどころが違うぜ。召喚士を倒せば召喚獣も消える！　これぞテンプレ！』

ていうか、タツマうるさい。しばらくおとなしかったと思ったのに。

「わかった！　モフに頼めばすぐ見つかるよ！　もう少し頑張ってて父さん」

「任せておけ！」

「モフ、さっきのエルフの匂いを追える？」

『きゅん？』

モフが首をかしげる。あ！　しまった……モフもリミに連れ去られる僕についてきたからエルフは遠目で少し確認しただけなんだった。

『リューマ！　取りあえず最初にあのエルフがいた辺りへ向かえ！　たぶんあの辺にいる可能性が高い』

最初のって……西門か！　タツマがそう思う根拠はよくわからないけど、確かにあそこに行けば行商人の馬車もあるし、エルフの匂いを拾えるかもしれないからその場にエルフがいなくても無駄にはならない。

「よし、行こう！」

　戦場は既に西門前から移動している。とはいってもその距離はせいぜい数十メルテ、障害物と化した家屋を避けて向かっても西門に到着するのはすぐだ。

『いたぞ！　あそこだ！』

　しかもモフと一緒に先行していたタツマがすぐにエルフを見つけたらしく、声をあげてくれるが、スライムにあそこと言われてもどこだかわからないのが問題だ。

『あぁ！　くそ！　あっちだあっち！　西門前に停めてある馬車の陰に金髪が見えてるだろ』

「西門の馬車の陰……いた！」

　確かに馬車の陰でなにやら目を閉じて集中している。あれがフレイムキマイラを呼び出して制御するためのものだとすれば、集中を邪魔すればフレイムキマイラも制御を離れて消える可能性はある。

「タツマ！　あれを止めたらなんとかなると思う？」

『……ん～改めて確認してみると正直難しいかもな。ちょっとステを確認してみろよ』

「わかった」

　そういえばまだちゃんと見てなかったのでタツマに言われるがまま【鑑定】を使う。

名前：深森のシルフィリアーナ
状態：精神支配（闇）
ＬＶ：22
称号：深森の友（木・水・土の精霊と親和性が高くなりやすい）
年齢：22歳
種族：ハイエルフ族
技能：細剣術２／精霊魔法３（木・水・土）／手当て２／光術２
特殊技能：精霊化
固有技能：精霊の道
才覚：従者の才《潜在》

やっぱり闇魔法で精神支配されている。最初にこれを確認していれば父さんに注意喚起をすることができた。そうしたらここまで大きな被害は受けなかったかもしれない。……でもいまは後悔していても仕方がない。とにかく気になるスキルをチェックしなきゃ。

【精霊化】
精霊と一時的に同化することで大きな力を使うことができる。ただし長時間は要注意。精霊魔法必須。

　どうやら精霊魔法の上位の使い方らしい。精霊の力を宿して戦うけど、負担が大きいとか、そんな感じのスキルだろう。


【精霊の道】

精霊に依頼して常駐してもらっている場所と、いまいる場所の間に精霊の力を借りて道を作る。精霊魔法必須。


　これか……これって、たぶん精霊を媒介にして任意の場所同士を繋ぐ空間系のスキルだ。もしかしてこれを使ってジドルナ大森林と空間を繋げてフレイムキマイラを招き入れたのか？

『見たかリューマ？　俺の予想じゃ、いまあのエルフがしているのは【精霊の道】を維持するための行動だ』

「ていうことは止めてもフレイムキマイラは消せないってこと？」

『ああ、それどころか送り返すこともできなくなる。だが、それでも俺は止めるべきだと思うぜ。……ん？　わからねぇか？　道が繋がっているってことは新しい魔物がまだ出てくる可能性があるからだよ』

「あ！」

確かにそうだ。道を繋いでいるなら、また向こうから出てくる可能性もある。こんな状況でフレイムキマイラクラスの魔物がこれ以上出てきたら……とても対処できない。

「わかった。取りあえずあのエルフを止めよう」

幸いエルフは操られているせいか、ぶつぶつと呪文のようなものを呟くだけで周囲を気にする素振りもない。ひとまず縛り上げて口を塞げば【精霊の道】を閉じることができるはず。

『リューマ！　一応そこの香炉には気をつけろ。もう煙は出てなさそうだが、そこから出てた煙は状態異常を促進する効果があったっぽいからな』

エルフに向かって走る僕にタツマが注意するよう声をかけてくる。言われたところに目を向けると僕がエルフを見た時に持っていた一抱えほどもある大きさの香炉が置いてあった。

『蠱惑の香炉：ここで焚かれた香の効果を倍増する魔道具』

どうやらただの香炉ではなく、こう見えても魔道具だったらしい。これで焚かれていたなにかのせいで高レベルだった父さんまで強麻痺なんていう重度の状態異常になってしまったんだ。

幸いいまはもう、香炉の中からなにかが出ている気配はない。でも一応、近くを通らないようにして走る。

エルフを縛る道具は馬車の向こうの西門の詰所に置いてあるはず。まずはエルフを当て身で眠らせ、道具を取りに行って縛る。フレイムキマイラを送り返せないのは痛いけど、魔境産の魔物が更に増えるよりはましだ。

「……!!」

そんなことを考えつつ、エルフまでもう少しのところで【俯瞰(ふかん)】のスキルで周辺視をしていた僕は、視界になにか黒い物が飛んでくるのを捉(とら)えたので、慌てて足を止める。

足を止めた僕の一メルテくらい前の地面に　ぐじゅり　と気持ち悪い音を立ててなにかが着弾し地面を黒く染めた。

「ほう……意外と周りが見えているようですねぇ。なかなか将来有望だ」

馬車の中にいたのか、小太りの行商人がいつの間にか出てきてエルフの隣に立っている。

タツマの言うことが正しいのならこいつが人魔族で、エルフを操り、村に魔物を呼び寄せた張本人だ。

名前：アドニス
状態：―常
ＬＶ：11
称号：なし

年齢：4━歳
種族：人━
技能：交━術1／鞭術━
特殊技能：なし

……あれ、鑑定結果がなんかおかしい。凄い雑音が混じっている感じで、見ていて気持ちが悪い……これ絶対なんかの偽装系のスキルが働いている。くそ……でも僕の【鑑定】だって【目利き】とのコンボで並みのスキルじゃないんだ。これくらいの偽装なんか！

自分の中の【鑑定】と【目利き】を特に意識して力を注ぎこむように【鑑定】をかけなおす！　……く、頭が痛い……でも、雑音が……おさまってきた……よし、み、見えた！

名前：アドニス
状態：健常
ＬＶ：34
称号：虐げられし者の末裔（他種族との戦闘時ステータス微増）
年齢：25歳
種族：人魔族

技能：剣術2／闇術5／偽装4／詐術3／隠密2／夜目4／行動（森4・闇4）／耐性（闇5・毒3・麻痺2）
特殊技能：なし
固有技能：魔血解放

確かに人魔族だ……どうやらあいつが持っている【偽装】のスキルがステータスを隠蔽していたらしい。それに、もしかしたら高レベルの【偽装】は姿形すら誤魔化すことができるのかもしれない。

「どうして、こんなことをする。この村の人たちは行商に来たお前たちになにも悪いことはしてないはずだ」

「……この村の人は、ですか。なにも知らないというのは罪なものですねぇ」

小太りな行商人が気障な物言いをするという気持ち悪い状況だけど、相手のスキル構成を見ると迂闊に突っ込みにくい。構成的には闇魔法主体の後衛型だから接近戦に持ち込めば……とは思うけど、あのレベルで【剣術2】があると接近戦でもちょっと分が悪い。

うまく【闇術5】あたりを交換できれば相手の戦力が激減するんだけど、僕のスキルじゃ最高でもレベル3。2レベル違うと確率は25％……正直試す気にもなれない。

「……知らないってなにを？」

「その前に、あなたは人魔族という種族を知っていますか？」

行商人姿のアドニスはふんっと鼻を鳴らす。

「……聞いたことはある。昔話の中では魔族と呼ばれ、人族や獣人族、エルフやドワーフたちと対立して戦ったって」

僕の答えを聞いたアドニスが堪えきれないというかのようにくくく、と笑いを漏らす。

「やはり、その程度ですか。まあ別に構いません、いまさら知ってもらおうとも思いません。ただ私たちは私たち以外の種族を殺して殺して殺しまくるという正当な権利を行使するだけです」

は？　人魔族以外をただ殺すのが目的だってことか……なんでそんなこと……そんな、そんな理由にもならないようなもののためにイノヤさんやホクイグさんやネルおばあちゃん、たくさんの村人たちは殺されたっていうのか……ふ、ふざ！

「ふざけるな！　この村の人たちが人魔族になにをした！　僕たちはこの辺境のさらに僻地のこの場所でただ一生懸命に生きてきただけだ！　お前たちに殺される筋合いはない！」

「ん？　……まるで私が人魔族だと知っているかのような口振りですねぇ」

し、しまった……こいつ僕の怒りにはまったく反応を示さなかったくせに、変なところは聞き逃さないとか……なんて嫌な奴だ。しかもどこか余裕ぶっていた雰囲気が、いつの間にか変わっていて粘りつくような殺気が押し寄せてきている気がする。

「は、話の流れから考えれば、そういうことだって僕みたいな子供でもわかる！」

一応、成人はしたけど、これで誤魔化されてくれるなら子供の振りくらいはなんでもない。

「なるほど……きっと随分といい【鑑定】をお持ちなのですねぇ。私の【偽装】は普通の【鑑定】では見破れないはずなのですがね」

そう呟いて口の周りを長い舌で舐めたアドニスの姿が、小太りの行商人から背が高く細身で青黒い肌、頭から生えた羊のような二本の巻角、赤い瞳という異形の姿へと変貌する。いや、これが本来の人魔族としてのアドニスの姿なんだと思う。【偽装】していた姿形を解除しただけだ。

そして、この姿を僕に晒したということは万にひとつも僕を生かして返すつもりがないということだろう。

「変わったスキルや尖ったスキルの持ち主は優先的に排除しておくにこしたことはないですからねぇ。確実にここで処分しておきましょう……がぐぇ!!」

「え？」

膨れあがる殺気に戦闘は避けられないと覚悟を決めて、槍を構えようとした僕の顔の横を何かが物凄い勢いで通り抜けた。と、認識したときには対峙していたアドニスが胸の辺りに何かを喰らって吹っ飛んでいった……木造の西門を突き破っていくほどの勢いで。

「あれって……香炉？」

一瞬だけ見えたそのなにかは、ついさっきスルーしてきた香炉のように見えたので、香炉があった辺りを振り返ってみる。

『きゅん！』

そこには硬くした耳を地面に突き刺し、後ろ脚を蹴り上げた状態で愛らしく鳴く相棒の姿があった。

『うひょ〜！　凄ぇなモフ。俺との特訓の成果が出たじゃねぇか！』

角耳を地面に刺して土台を固定するとかタツマの仕込みか……だけど、今回は助かった。正直あいつと戦って勝てるとは思えなかった。でも、かなり強烈な一撃だったけど、まだ死んだとは限らないか……それなら相手が回復する前にとどめを刺しに行かないと。

『リューマ。お前はまずエルフを止めて縛っておけ。人魔族のほうはかなり無防備に喰らってたから上手くすれば死んでいるかもしれないし、そっちは俺が確認してきてやる。まだ生きているようだったら呼ぶからすぐに来てくれ』

「ちょ、ちょっと待ってよ！　あんな危ない奴、とどめを刺せるチャンスがあるなら確実にとどめを刺さないと」

『もしあいつが生きていたら、お前が行っても殺されるだけだ。まず生きているかどうかを確認して、生きているようならなんか策を練らねぇと勝ち目がねぇだろうが！　お前はまずできることをやって、それから奴が生きていたときのための作戦を考えるんだ』
「……わかった。スライムをいちいち殺したりはしないとは思うけど、生きているようだったら無理せずにすぐに逃げるんだよ。僕もなんか作戦を考えるから」
『わかってるって。スライムなんだから無理なんてしたくてもできねぇよ』

ぴょんぴょん跳ねていくタツマはとりあえず放っておく。人魔族が弱っているなら確実にとどめを刺したい気もするが、タツマの言うとおり弱っているからといっても僕が勝てるかどうかは微妙な相手だ。それなら、とにかく今はエルフを止めることが先決だ。最悪、人魔族だけなら父さんのほうがレベルも高いし、なんとかできるかもしれない。だけどこれ以上は魔境産の魔物はダメだ。

僕はまず角耳が想像以上に深く突き刺さって身動きが取れないモフを引っこ抜く。こんだけ深く刺さるって一体どれだけの力がこもっていたのか考えるだに恐ろしい。もちろんそのぶん頼もしくもあるけどね。

「モフ、西門の詰所に行って縄を持ってきてくれ」

『きゅん！』

モフを送り出し、エルフに駆け寄ると二つの大きな果実の下辺りに当て身を入れる。……ていうか果実の波打ちかたが凄い……のは置いといて、幸い一撃で意識を刈り取ることができたのでこれで【精霊の道】は閉じたはずだ。言い方が曖昧になってしまうのは、どうも精霊を見る力がないと肝心の『道』自体が見えないらしくて、消えたかどうかが僕にはわからない。だから、どうしても推測になってしまうのが困ったところだけど、いまはそう考えるしかない。

倒れ込んできたエルフを地面に横たえたところで、早くもモフが縄を引きずってきたので手早く両手両足を縛って拘束し、猿轡を噛ませておく。意識が戻ったら精神支配状態をなんとかしないと話もできないだろうけど、人魔族の情報とかを持っているかもしれないから身柄は確保しておきたい。気絶したエルフを担いでフレイムキマイラとの戦場から少し離れた所にある民家の中に運び入れておく。残念ながら肩に当たる感触を楽しんでいる余裕はない。タツマの報告を待ってすぐに父さんのところに戻らないと……

「タツマ！」

『……おっと！　リューマか。どうやら人魔族は死、んだみたい！　だな。確認のために捕食したあと追いかける！　から……先に行っとけ。結構遠くまで吹っ飛んでたんで俺の速度だと時間がかかる』

「本当に大丈夫なのか！」

『おう！　村の奴らの仇だからな、きっちり捕食しとく』

どうやら本当に大丈夫そうだ。それなら僕は……

「モフ！　父さんの所に戻るよ！」

『きゅきゅん！』

　幸いというかなんというか、父さんたちが頑張っているおかげで戦闘の音は常に聞こえてくるから場所を見失うことはない。ちょっと走ればあっという間にフレイムキマイラのところへ戻ることができた。

　戦況を確認してみると、今のところはまだ父さんもガンツさんも致命的なダメージは負っていない。ただ、さすがにガンツさんにも疲労の色が見え始めているし、火に耐性のない父さんには各所に火傷の水ぶくれができていたりするのがあまりに痛々しい。なんとかしてあげられないだろうか……あ、そうか。

「父さん！　頭から水を被れ(かぶ)ばいくらか違うんじゃない？」

「そうだろうが……いま水を探している暇はないぞリュー」

「大丈夫！　父さんの上から水をかけるから足とか槍とかが滑らないように気をつけていて」

　僕は【水術】で父さんの頭上に水を呼び出して、すぐに制御を手放す。レベル1で一度に生み出せる量はさほど多くはないけど、父さんひとりを湿らせるくらいは充分できる。

「おお！　いつの間に魔法を覚えたのかとか気になることはあるが、これはいいな、助かる。それよりも召喚者のほうはどうだ」

　僕がいろんなスキルを持っていることから父さんもいろいろ察してそうだけど、さすがに問い詰めてるほどの余裕はないみたい。むしろフレイムキマイラの爪と斬り結び、足止めしながらこれだけ話せる父さんがすごすぎる。

「魔物がここに出たのは召喚じゃなくて空間系のスキルで魔境と道が繋がったせいだったんだ。その道を作っていた人はとりあえず気絶させて縛り上げてきたからこれ以上魔物が増えることはないけど、こいつも戻せなくなっちゃった」

「そうか……ご苦労だったな。結局こいつだけは倒さなくちゃならんわけか、さてどうしたものか」

　なかなか思い通りに父さんたちを倒せないフレイムキマイラは、僕の目からもかなり苛ついているように見える。そのせいで攻撃が大振りで雑になっている気がする。

　その溜まったストレスを発散させるかのようにブレスを吐こうとするが、ブレスを吐くには溜めが必要みたいでそのときだけは動きが止まる。父さんとガンツさんはその瞬間に一気に攻勢に出てブレスを吐かせないようにするため、フレイムキマイラはさらにストレスを溜め込む。

そんな状況だった。

　どうも父さんとガンツさんはその流れをあえて狙っているようで、わざとフレイムキマイラが苛つくような立ち回りをしているみたいだ。でも、そこまでしてもこいつを倒すための決定打を僕たちは持っていなかった。

父さんの【槍術】ならフレイムキマイラに当てることはできるけど、あいつの身体を深くは貫けない。ガンツさんの大槌なら衝撃を与えることはできるみたいだけど素早いキマイラ相手に当てることがまず難しい。僕の水魔法もレベルが1では文字通り焼け石に水だろう。

もし、フレイムキマイラを倒せる可能性があるとすれば……やっぱり僕の【技能交換】しかない。一応同時進行でモフに父さんの槍を探しに行ってもらっているけど、この戦闘中に見つかる可能性は低いと思う。

ただフレイムキマイラのスキル構成を見る限り、誰でも思いつきそうな作戦がひとつ。

フレイムキマイラという名前、パッシブな固有スキル、そしてひとつだけ突出したスキル。これらから考えられること……それはフレイムキマイラの【炎身】と【火無効5】は種族特性としての初期スキルなのではないかっていうこと。

つまり、フレイムキマイラはこの世に発生した瞬間から炎に包まれている。そしてその炎から【火無効5】で守られているんだ。それならば、その初期スキルをなんとかすればきっとフレイムキマイラにとって都合の悪いことが起きる。だって発生した時から当たり前のようにあったスキルがなくなるんだから。

でも、特殊スキルは相手の同意がないと成功確率が著しく低いし、固有スキルに至っては完全に交換不可。交換するなら【火無効5】を狙うしかない。たぶんこれを失えば自分の意思で【炎身】をオフできないはずのフレイムキマイラは自滅する。

問題はあの燃えた身体に近づいて触らなきゃいけないことと、スキルレベルが離れているから確率が悪いことか。

僕のスキルでレベルがもっとも高いのはレベル3。【棒術】【隠密】【解体】【調教】、そして父さんから借りている【狩猟】の五つ。父さんの【狩猟】は獲物の追跡とか罠に関するスキルで直接戦闘には関(かか)わってこない。だから今後の戦いで、もし手持ちのスキルで交換が成り立たなかったときのための保険として預かっている。

だって、レベル3が四つあるとはいっても、【隠密】は絶対手放せないし、モフとの絆(きずな)でもある【調教】もなくせない。それに槍の扱いに利点がある【棒術】もできるなら持っていたい。となると、使えるのは【解体】だけ。魔境産の魔物に対してレベル3が一個じゃ、その一個で失敗したら交換に使えるレベル3スキルがなくなってしまう。

もちろんいざとなったら出し惜しみなんてしてられないんだけど選択肢が多いにこしたことはないよね。

それならば、どうやって【火無効5】までもっていくか。この辺のパターンは今までタツマとも散々話し合ってきた。やり方としてはふたつだ。

一．手持ちのレベル３から直接、【火無効５】との間で【技能交換】を試す。

二．手持ちのレベル３と敵のレベル４との交換を経由して、取得したレベル４で【火無効５】との交換を試す。


一は確率的には25％、二は50％だけど二回成功しなくちゃならないから50％×50％でやっぱり確率的には25％になる。

一の利点はうまくいけば一回で交換が成立すること。でも、四回に一回しか成功しない確率なのに使えるレベル３スキルは最大で五つしかないという無視できないリスクがある。同じ相手にこちらから同じスキルを二度指定できないのが地味に痛い。

その点、二は二回に一回成功するうえに、交換に成功したレベル４スキルも使用できるので、交換しなきゃいけない回数は増えるけど手詰まりになるリスクが少ない。

そして、ふたつを検討したうえで僕は二を選ぶ。一はやっぱりリスクが大き過ぎる。せっかく苦労して相手に触れて、トレードを試しても全部失敗したらトレード前と何も変わらない。決め手を欠いたままだ。

でも、二なら一度でも成功すれば、その後のトレードが失敗しても相手のレベル４のスキルをひとつは僕の生活系のスキルと交換することができる。【爪術】【跳躍】【敏捷】どれを交換してもフレイムキマイラの戦闘力をかなり削ぐことができる。それなら仮に【火無効５】に届かなかったとしても大きな意味を持つ。

あとの問題は、あいつに何度も触れなきゃいけないってことか……父さんとガンツさんに動きを牽制してもらえば近づくことはたぶんできると思うけど……あれに触るの？　……いやいや！　駄目だ、そんなこと言って躊躇っている場合じゃない。このままなら皆殺されちゃうんだから腕の一本や二本惜しんでちゃ駄目だ！　幸い今なら母さんから借りている【回復魔法】もある。僕がやるしかない！

「父さん！　あいつを倒すのにひとつ提案があるんだ」

僕は父さんと並んでフレイムキマイラの正面に立ちながら、考えた案を伝える。

「確かに、それはいい案だが……大丈夫なのか？」

「大丈夫かどうかは運と、僕の根性次第だと思うけど……あいつに殺された皆のためにも引けないよね」

この村の人たちは皆家族みたいなものだった。全員が僕のことを可愛がってくれた。いつも僕たちのいたずらを笑って見逃してくれた。そんな人たちを理不尽に奪ったこいつは許せない。

「ああ、そうだな。村の皆を守れなかった守護者なんて不甲斐ないにもほどがある。せめて仇くらいはとってやらんとな。リュー頼めるか？」

「うん、やってみる。死角になりやすい後ろ脚を狙うから」

「ああ、わかった。あいつの注意は引きつけておく」

父さんの一撃でフレイムキマイラが怯んだところで正面から離脱すると、一度距離をとって槍を置く。剣は抜かずに腰に差したままだ。どうせいまの僕の攻撃がフレイムキマイラに通用しないのはわかっているから武器は持っていても仕方がない。それに手が空いてないと触るときに困るし、身軽なほうが動きやすい。

次は……水か。父さんにした時と同じように頭上に水を出して頭からかぶる。【中二の知識】の中に、水をかぶって火事場に飛び込む人の情報があったからそれなりに効果があるはず。多少水で濡れた服が動きにくいけどそれはしょうがない。

幸い魔力のほうもちょっとは回復しているみたいだから、軽い魔法ならまだ何度か使っても問題なさそうだ。よし、今度はさっきとは【水術】のイメージを変えて魔法を……生み出した水を小さな球にして、僕の両手の手首から先をその水の球に包み込むイメージ……できた。ちょっと維持には気を遣うけどこれでいくらかでもダメージを減らせるだろう。準備はこれでいい。行くぞ！

「父さん！」

父さんに一声かけて、行動に移ることを伝えるとフレイムキマイラの側面から後方の死角に回っていく。ガンツさんは詳しいことは聞いてこないが、こっちがなにをしても指示がない限りはいままでと同じように動いてくれるのでありがたい。

ガァ……

僕の合図を受けた父さんが攻勢に転じたらしく、フレイムキマイラが苛ついた咆哮を上げる。それに合わせてガンツさんが右の後ろ脚を狙いに移動したので、当然僕は【隠密】を全開にして左の後ろ脚を狙う。

そして、さすがは父さんですぐにチャンスがくる。ガンツさんが後ろ脚に一撃を加えたことで動きが鈍ったフレイムキマイラの顎を下から槍でかち上げたんだ。一瞬だけど脳が揺らされたらしいフレイムキマイラの動きが止まる。

いまだ！

一気に駆け寄って燃え盛るフレイムキマイラの左の後ろ脚に左手を伸ばす。

「ぐっ！」

う……近づいただけで濡らした服の水分があっという間に蒸発していく。このままじゃ手に纏わせた水も長くは保たない。怯まずに勢いでいくしかない！　フレイムキマイラの炎の中に思い切って左手を突っ込む。

ジュ……

水が蒸発する音と、皮が焼ける匂い。熱いというよりは痛い！　でも……いけ！

【技能交換（スキルトレード）】
対象指定「敏捷4」
交換指定「解体3」
【成功】

や、やった！　もう一回……は駄目か、衝撃から回復したフレイムキマイラが怒りで暴れ出した。いったん引くしかない。

左手を押さえながら地面を転がるようにして距離を取って乱れた息を整えながら、恐る恐る引き攣（ひきつ）る左手を見る。

「く……痛い」

トレードをするために頑張ってくれた左手は肘（ひじ）くらいまで真っ赤になっていて、ところどころに水ぶくれができている。手の平については説明するのも躊躇われるほどだ。これ、水で防御していなかったらヤバかった。でも……【敏捷4】のトレードに成功した。これで僕はいままでよりも速く動けるだろうし、あいつはいままでのようには動けなくなる。これなら間違いなく父さんたちの負担を減らすことができる。

……でも、トレードはこれからが本番だ。

火傷した手を【水術】の水で包み直して冷やしながら、再度機会を待つ。フレイムキマイラの動きが目に見えて悪くなっているのがわかる。これなら父さんが正面で注意を引きつけてくれるだけで近寄れそうだ。

水を浴び直してから、今度は肘までを水で包むとフレイムキマイラへと近づいていく。なんとか次で決めたい。【敏捷4】を失ったフレイムキマイラに【技能交換】を使うチャンスを作るのはもう難しくはない。すぐにまたガンツさんと父さんの連携でその機会が訪れる。

よし！　同じように【隠密】全開で後ろ脚に近づいて左手を伸ばす。

「う！　……ぐ」

【技能交換】
対象指定「火無効5」
交換指定「敏捷4」
【失敗】

失敗した！　そう思った瞬間強い衝撃を受けた。

「リュー！」

ああ……父さんの声が聞こえる……

「大丈夫か！　リュー！」

そ、そうか……トレードに失敗して一瞬がっかりして動きが止まったところでフレイムキマイラの脚に蹴られたんだ。まだ【隠密】が効いていたはずだから狙った蹴りじゃなくて、たまたまかすっただけ。それなのに大きく吹っ飛ばされて、ちょっと意識が飛んでた。

「だ、大丈夫……まだやれるよ」

大きな声は出せなかったけど、一応そう言って父さんに手を上げておいたら一安心したらしく頷いてくれた。心配かけるつもりはなかったのに失敗した。もともと半分は失敗するつもりの計画だったのに、一回目が成功して欲が出た。だからショックを受けてしまったんだ。次は気をつけないと……

「ぎぃ!!」

起き上がろうとして左手をついて、あまりの痛さに再び地面に倒れ込んでしまった。

「あ……これ、だめだ。これ以上左手を使ったらたぶん治らなくなる」

まだ辛うじて自分の意思で動く。そのレベルで留めておかないと【回復魔法】でも治せる自信がない。とりあえず魔力残量が厳しいけど、このままじゃ痛過ぎて集中できないので、ちょっとだけ左手に【回復魔法】をかけておく。

「二回接触したら手が使えなくなるとか……どんなムリゲーなんだよ。くそ!」

それでもやるしかない。【敏捷4】はもうトレードの対象に指定できないから、もう一度レベル4と交換するところからやり直しだ。今度は右手を使うしかない。

同じように【水術】で準備をすると、ふらつく頭を振って立ち上がる。目線だけで父さんに決意を伝えると、父さんは黙ってフレイムキマイラへと突っ込んでくれた。僕を信頼して頑張ってくれている父さんの期待になんとか応えたい。いつも守護者として危険な魔物と戦ってくれた父さんを僕だって助けたいとずっと思っていたんだ！

【隠密】全開！　いけ！

【技能交換】
対象指定「爪術４」
交換指定「棒術３」

【失敗】

また、失敗。くそ！　熱さと痛みで頭が朦朧としてくる……もう手が保たない……なら、このままもう一回！

【技能交換】
対象指定「爪術４」
交換指定「狩猟３」

【成功】

やった！　成功した！　僕には【爪術】は使えないスキルだろうけど、フレイムキマイラにとってはないと困るスキルのはず。これで父さんやガンツさんたちが……

「リュー！　なにをしている！　【隠密】が解けているぞ！」

え……あ……しまった。

頭が朦朧として集中が切れていたんだ……フレイムキマイラの目が僕を見ている。なんて目だろう、怒りと殺意しかない無機質で無感動な目……その目が妙にゆっくりと近づいてくる。鋭い牙が生えた口が開いて僕を……

「リュー!!!」

強い衝撃とともに弾き飛ばされた僕は、土の味で正気に戻った。いったいどうなったんだ？　フレイムキマイラの噛みつき攻撃をかわせるタイミングじゃなかったはずなのに……体には大きな怪我はないみたいだけど……。

「ガードン!!」

そのとき僕のすぐ横を大槌を振りかぶったままのガンツさんが駆け抜けていった。そのままの勢いでフレイムキマイラの顔面を横殴りして注意を引きつけている。

「リューマ！　ガードンを下げろ！」

え？　父さんを？　……え、そういえば父さんはどこに……！

「父さん！」

探すまでもなかった。僕の目の前に、血だまりの中で横たわる父さんがいた。

この出血はやばい！　とにかく父さんをフレイムキマイラから遠ざけなきゃならない。……くそ、火傷で手の皮がくっついて指が開かない。取りあえず両脇の下に手を差し込んで引きずるしか……激痛が走る両手を父さんの脇の下に入れようとして気がつく。

「え……と、父さんの左腕がない」

そ、そうだったんだ……僕を突き飛ばしてくれたのは父さん。代わりに腕を……食いちぎ……ぼ、僕が【隠密】を維持できなかったばっかりに父さんが！

「リューマ！　急げ！」

そうだった！　思わず呆然と立ち尽くしそうになったところをガンツさんの怒鳴り声で我に返る。いつの間にかこぼれていた涙をフレイムキマイラの熱気で蒸発させながら急いで父さんを引きずる。くそ……いまは後悔している暇すらないのか。

「地面の血だまりは父さんの出血だったんだ……早く止血をしないと、あ！」

ある程度離れて、なけなしの魔力を使い切るつもりで【回復魔法】をかけながら止血をしようとして気がつく。

「指がくっついたこの手じゃ紐を縛ることもできないじゃないか……」

魔力枯渇(こかつ)寸前の【回復魔法】じゃ完全に止血はできない。このままじゃ父さんが死んじゃう。いったいどうすれば……くそこの手が！

無理やり指を広げようと力を込めてみるが、激痛が走るだけで指は離れない。くそ！　僕のせいで父さんが！　おとうさんが！

『リューマ！　大丈夫か！　今戻ったぞ！』

突然飛び込んできた念話と、視界の隅をぴょんぴょんと跳ねてくる緑色のスライムがなんだかちょっと頼もしく見える。

「タツマ！　父さんが腕を！　血が止められないんだ！　なんとか血を止めないと父さんが死んじゃうよ！」

『落ち着け！　リューマ。……確かにこれはまずいな。取りあえず試したことはないが、止血は俺に任せておけ。俺が傷口に張り付いて流れてきた血をまた腕に戻してやる』

タツマはそう言うと父さんの左の肩口の傷に張り付いた。すると、タツマの半透明のボディの中に赤い流れが見えるようになった。タツマが言う通り出血して溢（あふ）れてきた血をそのまま体内に送り返してくれているのだろう。

『……よし、なんとかいけそうだ』

「あ、ありがとうタツマ……助かったよ」

『そんなことはどうでもいいが、現状はどうなってる？』

第四章　リューマ↓決意

「フレイムキマイラに僕たちの攻撃が通らないから、【火無効5】をトレードしようとしたんだ」

『なるほどな。それでその手と、そのスキル構成になったわけか』

さすがはタツマ。今の言葉だけで僕がなにをしようとしていたのかを全て理解したみたいだ。

『【再生】はおふくろさんに渡したんだよな。じゃあ、俺の【再生】を取りあえず持ってけ。レベル1だが、その手はヤバいだろ……ないよりましだ』

「いいの？　やっと取り直せたスキルなのに」

タツマはスライムの体になってから、自分でもスキルが取れないか常に試行錯誤していた。

結局その体のせいか、種族のせいかわからないけどなにひとつスキルが発現することはなかった。

それならばもともと持っていたスキルなら取り直せるかもということで文字通り身を切る努力を続けながらやっと取り直したスキル、それが【再生】だった。

『構わねぇよ、一度取り直せたスキルだ。二度も三度も同じだし、いらなきゃ後で返してもらえばいい。それにトレードなんだから、普通にやっても取れなかったスキルが一個は手に入ることになるだろう？』

「相変わらず前向きだねタツマは。わかった、じゃあトレードさせてもらうよ……正直ちょっとしんどかったし」

『おう！　やれ』

頷（うなず）くとスライムに手を触れる。ひんやりとした感触が今の僕の手には気持ちよく感じられる。

【技能交換（スキルトレード）】
対象指定「再生1」
交換指定「採取1」

【成功】

『よし、うまくいったな。だが、これからどうするつもりだリューマ。うまいこと【敏捷（びんしょう）】と【爪術（そうじゅつ）】をトレードしたおかげで、あのドワーフのおっさんひとりでもなんとかなっているが、結局当初の計画通り自滅させなきゃならないだろ。その手でやるのか？』

タツマと交換した【再生】が強く働くように意識はしているが、すぐに回復なんかするわけない。本来はもっと時間をかけて再生していくスキルだ。

「でも、やるしかない……次で駄目なら足を使ってでも」

『だけどよ……おまえの親父も、お前も濡れているってことは【水術】を使っていたんじゃねぇのか？』

「うん……使ってたよ」

『でもお前、いま使ってた【回復魔法】変な切れ方したよな……魔力切れか？』

タツマは本当に鋭い……動きが鈍くて戦闘能力も低いスライムだからなのか、そのかわりに観察力と洞察力が年々増している気がする。

「……………あと一回くらいはなんとかなるよ」

『俺は賛成できない。なんの対策もしないであいつに触ったら、触った場所は二度と使えないと思え。お前はここで終わるつもりはないんだろう？』

そんなことはトレードのために何度もあいつに触った僕が一番わかっている。でも、あいつを倒すためには僕が……村の皆を守るために僕はやる！

『ち！　このお人好しめ！　お前が死んだりしたら俺だって困るんだぞ！　お前についていって冒険だってしてぇんだよ、俺は！　くそ！　俺に魔力さえあれば代わりに【水術】を使ってやることだってできたのに……』

スライムであるタツマの魔力は体を維持するだけの最低限の魔力しか持っていない。仮に

【水術】を渡しても自分の命と引き換えにほんの少し水を出すだけで終わるはずだ。

ごめん、タツマ。そんなよわっちいスライムになっちゃったタツマが冒険するには、僕みたいに事情を知っている人にくっついていくしかないのに……

「ガンツさんが戦えているうちに僕は行くよ、タツマ」

『………ち、俺がやるし――』「りゅーちゃん!!」

タツマが呆れたように呟いた言葉に被せるように聞こえたまさかの声に、僕は踏み出した足を止めて振り返る。そして、そこには聞き間違えるわけもなく、思った通りの人物が激しく息を乱しながら僕を見ていた。

「リミ……なんで、来たんだ」

「りゅーちゃん！　大丈夫？　村の皆は全員外に避難し終わったよ。りゅーちゃんたちも早く逃げよう！」

駆け寄ってきたリミが僕の肩を掴む。

「いつっ！」

「え？　りゅーちゃん？　……ちょ！　ちょっとりゅーちゃん！　どうしたのこの手は……あ、ガードンおじさんまで」

思わず痛みに顔をしかめた僕を見て、興奮状態だったリミはなにかがおかしいことに気がついたらしく、俺の手の火傷を見て驚き、そして倒れて気を失っている片腕の父さんを見て顔を蒼ざめさせた。

「リミ……あいつを倒さなくちゃ村の人たちはきっと助からない。逃げてもすぐ追いつかれちゃうんだ……だからリミは父さんを連れて逃げてくれ」

「だ、駄目だよりゅーちゃん！　師匠が倒せなかった相手を倒せるわけないよ！　りゅーちゃんが死んじゃう」

リミも聡い子だ。現在の状況がとてつもなく絶望的な状況だってことはすぐにわかったらしい。でも、ここにリミがいても意味はない。なんとしても逃げてもらわなくちゃ。

『いや！　ちょっと待て！　なんとかなるかもしれん！』

『どういうことだよ。タツマ』

リミがいるので、念話で聞き返す。

『そんなのわかるだろうが！　嬢ちゃんに【水術】渡して使ってもらうんだよ！』

『え……でも、今までリミは魔法とか使ったことないよ。僕は呪文とか知らないし、渡したところでちゃんと使えるとは思えないんだけど』

僕はタツマの指導のもと、強くイメージして無詠唱で魔法を発動することができるようになっているから、正式な呪文とかを知らなくてもなんとかなるけど、リミはそうじゃない。魔法を交換してもすぐに使うのは難しいはずだ……こんなことなら魔法の呪文についてもっと勉強しておくんだった。

『そんなことはわかっている。だが、どうせお前が持っていてもいまは使えないだろうが！　だったら嬢ちゃんの【魔術の才】に期待する場面じゃねぇか？』

……そっか、リミにはまだ覚醒してない才覚があったんだ。これの覚醒する条件が《何か魔法を覚えること》だったとしてもおかしくない。

『いいかリューマ！　こういう隠された力とか、眠った力なんてのはピンチの時こそ目覚めるってのがテンプレなんだ』

わかる。確かに【中二の知識】の中にある物語のほとんどに大なり小なりそういう場面がある。試してみる価値はある。なにより、もたもた悩んでいる時間もない……ガンツさんの動きがさすがに鈍くなってきている。

「リミ！　あとで全部説明するから、僕の顔を触ってくれる？」

「え？　どうしたのりゅーちゃん。こんな時に……」

戸惑(とまど)うリミ、気持ちはわかるけどここは信じてほしい。僕の手がまともな状態なら僕がリミの手を触ればいいんだけど、いまはちょっと使えない。というか痛いから最後のトレードの時まで動かしたくない。

「ごめん、リミにお願いしたいことがあるんだ。そのためにはまず僕に一度触ってほしい。時間がないんだ！　頼むリミ」

「う、うん。わかった、別に嫌なわけじゃないし全然いいよ」

僕の真剣な眼にちょっと頬を赤らめながら頷いたリミは、ゆっくりと僕の顔を両手で挟む。

……ていうか、片手で充分だったんだけど……挟まれるとちょっと恥ずかしい。……でも、いまのうちに。

【技能交換】
対象指定「解体1」
交換指定「水術1」
【成功】

よし、あとはリミの【魔術の才】に懸ける。

「うん、もういいよリミ」

「りゅーちゃん。まさかお別れの挨拶とかじゃないよね？」

よくわからない僕のお願いにリミが不安げな表情を見せる。死ぬ前に最後に触れ合いたいとかそんなシーンを想像したんだろう。そんな場面だったら、触ってもらうとかじゃなくて……キ、キ、キスとかにする。

「ち、違うよ。あいつに勝つために必要なことなんだ」

妄想を追い払うついでに慌てて首を振ってリミの不安を否定すると、僕が魔法を覚えた時のことを思い返す。

「リミ、魔力については母さんから聞いているよね。それを意識しながら僕の上に水の球をイメージしてみてほしいんだ」

「え？　……うん」

ここまでくるとリミも、もう問答している場合ではないと理解したのか素直に話を聞いてくれる。母さんは自分が指導するときにいつか必要になるからと、魔力の感覚と扱いかたの指導をしてくれていた。母さんも魔法が得意なわけじゃなかったけど、ゼロと一とじゃ全然違う。教えてもらっておいてよかった。まさかこんな状況で必要になるとは思わなかったけど……とにかく感謝しかない。

そして緊迫の数秒。眼を閉じて意識を集中し始めるリミ…………ほぼ同時に僕の頭上には大きな水球が現れていた。

「す……凄い。初めて魔法を使うのに一回目でこんな簡単に……しかも規模が大きいうえに発動が早い」

僕は交換で得た魔法を、無詠唱で使えるようになるのに毎日練習しても二カ月近くかかった。もちろん、今のリミほど魔力に対する前知識もなかったけど、それでもこれは……あまりにも常識外だ。

名前：リミナルゼ
状態：健常
LV：7
称号：愛の狩人（思い人の近くにいるとステータス微増）
年齢：13歳
種族：猫人族（びょうじんぞく）
技能：剣術3／槍術（そうじゅつ）3／弓術（きゅうじゅつ）2／採取3／料理4／手当て2／裁縫2／水術1／敏捷2
特殊技能：一途（いちず）
才覚：魔術の才

　やっぱり！　魔法を覚えたことで【魔術の才】が発現してる……悔しいけどさすがタツマ。所詮（しょせん）借り物でしかないにわか中二の僕とはこじらせかたが違う。

「え……きゃあ！」

　僕の声に驚いたリミが眼を開け、目の前に浮かぶ大きな水球に驚きの声を上げる。……そして驚いたということは集中力が途切れたということで、集中力が途切れたということは魔法の制御が消えるということだ。そうなれば当然リミが作った水球は重力に引かれて地面に落ちる。妙にのんびりとそんなことを考えていた僕に滝のような水が落ちてきた。想像以上に重くのしかかる水に打たれながら、それでも僕は徐々に上がる口角を抑えることができなかった。

だって、リミのおかげでうまくやれば手足を失わずに済むし、これだけの量の水を簡単に作れるなら攻撃魔法としてもフレイムキマイラへの効果が期待できる。さっきまでの状況に比べれば格段に勝率が上がったんだから無理もないよね。

「だ、大丈夫？　りゅーちゃん……ごめんね。まさか本当に水が出るとは思わなくて」

「いいんだよリミ！　リミのおかげで勝てる可能性が増えたんだ。いい、よく聞いて。これからなんとかガンツさんにフレイムキマイラの動きを止めてもらう。そうしたら僕があいつの後ろ脚辺りに突っ込むからその直前になるべく大きな水の球をあいつのその後ろ脚にぶつけてほしいんだ」

「え？　……そんなこと言われても、魔法を使えることがわかったのだっていまだし、うまくできるかどうか……」

リミの耳と尻尾がしゅんと垂れている。これは落ち込んでいるときとか自信がないときの動きだ。

「大丈夫！　リミならできるよ。リミには魔法の才能があるんだ。僕が保証する！　だから、僕を……ううん、僕とこの村を助けるために力を貸してほしいんだ！」

「りゅーちゃん……うん。わかった、やってみるね。ガードンおじさんも、マリシャおばさんも、りゅーちゃんだってこんなに怪我をしてまで頑張ったんだもん。リミだってやる！」

リミの耳がピンっと立った。よし！　これは気合いが入った証拠だ。これなら任せても大丈夫、リミのことなら僕が一番よく知っているんだから。

『タツマ、父さんをよろしく頼む』

『任せておけ、おまえもしくじるなよ。必ず次で決めろ！』

「うん！　じゃあ行くね」

僕は走り出すと同時にガンツさんにフレイムキマイラの動きを止めてもらうように依頼し、さっきと同じように死角を目指して走る。走るたびに腕に響いて痛いけど我慢。

今回はリミの魔法のタイミングがあるので【隠密】は使わない。いまのフレイムキマイラならガンツさんが動きを止めてくれれば触れるだけの隙ができるはずだ。

どこか鋭さの欠けるフレイムキマイラの前脚の攻撃を、ガンツさんは大槌をうまく使って捌く。【爪術４】があった時とは雲泥の差の攻撃だからガンツさんの大槌でも充分戦える。やがてフレイムキマイラが無造作に振り下ろした真上からの叩き付けをわずかに下がって避けたガンツさんは、お返しといわんばかりに大槌を振りかぶり、地面を殴り付けた前脚の真上から力一杯叩き付けた。

そのまま、ガンツさんは全力でその足を押さえ込むつもりのようだ。ガンツさんもここが正念場だと感じているということかもしれない。あとは僕とリミの仕事だ。

「リミ！　行くよ！」

一声かけて走り出す。思い切ってかなり距離を詰めていたから十歩も走れば射程圏内だ。ただ誤算だったのは、ガンツさんは前脚を押さえているだけなので、逆に後ろ脚の動きが激しくなっていることだった。

くっ……前脚まで移動するか？　でも、それまでガンツさんはたぶん保(も)たない。動きさえ止まってくれれば。……ていうか止まれよバカ！　……え？

「え、本当に止まった？」

そのとき、僕の心の叫びに応えるようにフレイムキマイラの動きが止まる。

『バカ！　止まるなリューマ！　奴は前脚を引き抜こうと踏ん張っているだけだ！　すぐに動き出すぞ！』

「……っとそういうことか！」

叱咤(しった)するタツマの声に現状を理解した僕は最後の数歩を一気に駆け寄って、火傷が幾分ましな方の右腕を後ろ脚へと伸ばす。と、同時にさっきも体感した滝のような水の感触と耳に障(さわ)る蒸発音。その白い水蒸気の中、渾身(こんしん)の【技能交換】を発動した。

【技能交換(スキルトレード)】
対象指定「火無効５」
交換指定「爪術４」

【成功】

「やった！　成功した！」

すでにフレイムキマイラに触れている手は、いままでの火傷の痛みはあれど熱くはない。服は水分が蒸発してぷすぷすしているけど体はなんともない。

フレイムキマイラの【火無効5】がちゃんと僕のスキルとして機能していることが実感できる。となればこのあと【火無効】を失ったフレイムキマイラは……

「ガンツさん！　もう大丈夫です！　離れてください！」

叫びつつ僕もフレイムキマイラから離れるべく振り向くと前のめりに走って逃げる。すると、背後からフレイムキマイラの苦悶（くもん）の叫び声が聞こえてくる。ふん、お前の炎がどれだけ熱いか自分の体で思う存分に味わえばいい。

苦痛で暴れまわるフレイムキマイラに巻き込まれないようにリミたちのところまで走って倒れ込む。

「りゅーちゃん！　大丈夫！　いったいどうなったのこれ」

「……たぶんもう大丈夫だよリミ。それより、あれに巻き込まれないようにもう少し離れよう」

リミに父さんをお願いして、フレイムキマイラを見ながら徐々に下がっていく。同じように避難してきたガンツさんが父さんを背負ってくれる。

「リューマ……」

「はい、たぶん勝ったと思います」

「そうか……助かった。よくわからんが面倒をかけた。成人したばかりのお前にそこまでやらせてしまったのは俺たちのせいだ。すまんかったな」

「いえ！　そんな……僕は……僕も、村の……ために」

　ガンツさんの視線も僕の視線も自らの炎に焼かれ地面を転げまわるフレイムキマイラから逸らされることはない。だけど、いつもは無口なガンツさんのその言葉は、この戦いが終わったということを実感させ、いままで怒りと焦燥から忘れていた不安や恐怖、村人を失ったという悲しみ、そして勝てたという安堵を一気に思い出させた。

「りゅーちゃん……泣かないで」

　僕の顔を見たリミが火傷で触れない僕の手に触れる代わりに背中に身を寄せてくる。なんだかいろんな感情が溢れてきてしまった僕はどうやら泣いているみたいだった。

『よくやったなリューマ。完全な格上相手で相性も最悪だったのに、作戦立案、トレードの選択、リスクマネジメント……はちょっと甘かったかもしれないが見事な戦いだったぜ』

『……タツマ。ありがとう、お前がいなきゃ父さんも助からなかったし僕はもっと大きな怪我をしていたかもしれない』

『なに言ってんだよ。なんだかんだで俺たちはいつも一緒にやってきたじゃねぇか』

 はは……確かに。憎まれ口を叩き合いながらも、僕たちは楽しくやってきた。僕の相棒はモフだけど、タツマも大事な参謀だ。

『うん、そうだね。タツマは僕の知恵袋、参謀だよ』

『ほう……俺様はおばあちゃんの知恵袋扱いか？』

『そんなこと言ってないってば、僕たちはこれからも一緒に冒険していく。僕を強くしてくれる約束だろ』

『……ああ、そうだったな。俺はお前を強くする。そういう約束だったな。じゃあこれからも厳しくいくぜ』

『うん、よろしくタツマ！　いつもありがとう！』

『お、おう……まかしとけ』

あれ、もしかしてタツマ照れてる？　残念ながら父さんの腕に張り付いたままの薄緑色の粘液生物の顔色なんて僕には判断つかないけど、なんとなくそんな気がする。いつも中二的な話題ではぐらかされて素のタツマはなかなか見ることができないから、ちょっと貴重かもしれない。

視線の先ではいよいよ限界を超えたフレイムキマイラの動きが鈍くなり、死を間近に控えたその身体から立ち上る炎も下火になってきていた。

「よし、とどめを刺してくる」

大槌を構えたガンツさんがゆっくりと近づいていくと、すでに意識もなさそうなフレイムキマイラの頭部に大槌を叩き付ける。そして何度目かの衝撃のあと、完全にフレイムキマイラの動きが止まる……やっと終わったんだ。

後でフレイムキマイラを解体して牙や爪、魔晶を回収すれば村の復興に役立つくらいの金額が得られるはず……でも死んでしまった皆はもう戻ってこない。

それにいくらお金が入っても、今回の件で北門は壊され、外壁も北から西にかけてはほとんどなくなってしまった。家屋も戦いで四分の一ほどが倒壊し、それと同じくらいの家屋がブレスで焼け落ちて、さらに現在進行形で燃え広がり続けている。

この状態だとすぐに村を復興させるのは難しい……というか無理だと思う。今後どうするかは村人皆で話し合うしかない。

『きゅきゅん！』

「モフ！」

その時、父さんの槍(やり)探しを頼んでいたモフがガラガラと父さんの槍を引きずりながら戻ってきた。さすがはモフだ、瓦礫(がれき)の撤去とかしないと見つからないと思っていたのにちゃんと見つけてきてくれたらしい。

「ありがとうなモフ。これは父さんと母さんの大事な槍だから見つかってよかったよ」

褒められて嬉しそうに耳を振るモフ、可愛すぎる。本当ならいつもみたいに柔らかいモフをもふもふしたいところだけど……この手じゃできないのが残念だ。

『リューマ、この際だ。【回復魔法】もリミ嬢ちゃんに渡しちゃえよ。親父さんの手もお前の魔力が回復するまで、俺がこうしているわけにもいかないだろ』

「あ、そうか……先にそっちを渡して、手を治してもらってから戦えばよかったんだ」

『そのへんは今日の戦いの反省点だな。まあ今回は時間もなかったし、あえて指摘はしなかったけどな。逆に治っちまうと、もう一度火傷するのに躊躇（ちゅうちょ）もしそうだったしな』

ああ……確かにそれはそうだ。いったん治っていたら、また火傷することを確実に躊躇（ためら）っただろうな……

「りゅーちゃん、なにか言った？」

「うん、リミ。もう一回僕の顔を触ってくれる？　片手だけでいいから」

「え？　……うん」

【技能交換（スキルトレード）】
対象指定　「弓術２」
交換指定　「回復魔法２」
【成功】

リミにトレードで【回復魔法2】を渡したあと、簡単なイメージの仕方を教え、父さんの腕に【回復魔法】をかけてもらった。その威力は【水術】を使ったときと同様に、僕が使ったときとは比べものにならない効果だった。父さんの腕を再生するまではさすがに無理だったけど、止血から傷口が塞がるまでがほんの数十秒だった。

推測だけど、レベルに直すと4くらいの効果が出ているような気がする。才覚の詳細は僕の【鑑定】でもわからないから感覚的なものだけどね。でも、これでリミがちゃんと魔法の知識を覚えて、イメージの仕方とかをマスターしたら天才魔導士みたいな存在になれると思う。あ、武器での戦闘もこなせるから魔導剣士？　うあ、またタツマが喜びそうなネーミングだ。

ただ、弱点としては獣人という種族特性からか、まだ鍛えていないせいか魔力総量はかなり低めみたい。僕の両手の火傷を指を動かせるくらいにまで回復してくれたところで魔力が尽きていたから。どうやらリミの魔法は威力は大きいけど消費も激しいみたい。今後も魔法を使っていくなら威力の調整は必須の訓練事項になるかな。

ひとまず、気を失っている父さんをガンツさんに任せて、リミに皆が避難しているところまで案内してもらうことにした。僕は忘れ物があるから、あとからすぐ追いかけることにしてこの場を離れる。縛ってあるエルフを放置しっぱなしだからね。

『エルフのほうはどんな感じだった？　リューマ』

定位置のモフの頭に戻ってくつろいでいるタツマ。

「うぅん……僕が止めた時は完全に自我がなくて操られている状態のままだったかなぁ。あれって意識が戻ったらどうなるんだろう。まだ操られた状態で戻るのか、本来のエルフさんの状態で戻るのか……」

『まあ、どっちにしろ【鑑定】してみて精神支配が解けているかどうかを確かめてからだな。そこをなんとかしないと、見た目がどんだけまともそうでも信頼するわけにはいかないだろうな』

だよなぁ。ハイエルフっていう種族名からして、たぶんエルフ族の中でも高貴な生まれだと思うから、できれば手荒に扱いたくはないんだよね。エルフ族との戦争とか考えたくもないし、その発端が僕たちなんていう形は絶対に勘弁してほしい。

エルフを寝かせておいた家屋は幸い延焼も倒壊もしていなかったので、僕たちが到着したときも最初に寝かせた場所と寸分違（たが）わぬところにいた。ただひとつだけ違っていたのは目が開いていたこと。だけど開いたままの目は僕たちが近くに行っても天井を見たまま動くことはなかった。

『なんか……【鑑定】するまでもないな、こりゃ』

タツマの言うとおりだと思うけど、そうもいかないので確認のために【鑑定】をかけてみたけどやっぱり『精神支配（闇）』の表記は変わっていなかった。

たぶん、この精神支配の術をかけたのは【闇術5】を持っていた、さっきのアドニスとかいう人魔族だろう。そのアドニスが死んでしまったのなら術が解けてもいいような気もするんだけど、どうやらそう甘くはないらしい。

『推測だが、命令されたことをしている最中は普通に動いているように見えるんだろうな』

「命令されたことが終わると、次の命令があるまでこの状態ってこと？」

『たぶんな……試しにお前がなにか命令してみたらどうだ？』

「誰が命令しても言うことを聞くかどうかってことか……立て！」

一応、覗き込んで目線を合わせてから命令してみる。……うん、やっぱり駄目か、反応はない。

「今度はちょっと魔力を込めて……ついでに名前も言ってみた方がいいか。深森のシルフィリアーナ、立て！」

……しばらく待ってみたけど動きがない、やっぱり駄目か。きっと命令をするにも【闇術】の心得が必要なんだろう。

「仕方ないか……取りあえず担いでいって皆と合流しよう。父さんたちなら解除方法を知っているかもしれないし」

手足を縛ったままの人間を担ぐのは結構しんどいんだよね……しかも完全脱力状態だとさら

に体感重量が増すから、十四歳にしてはやや小柄な部類に入る僕には結構重労働。まあ、この人は胸以外はほっそりしていて背はそこそこ高いわりに軽いからなんとかなるけど。

『ちょっと待て、リューマ』

「お、またなんか思いついた？　タツマ」

『おまえな……俺に頼ってばかりじゃなくて少しは自分でも考えろよ。俺みたいな弱っちぃスライムがいつまでも一緒にいられるとは限らないんだからな！』

タツマの動きがぶよぶよと激しくなったのは、怒っているというよりも呆れているんだろう。確かに、この世界の常識の枠をひょいひょいと飛び越えて妙案を出してくれるタツマにちょっと頼っている面があることは否定できない。

「わかってるよ。でも、一緒にいる限りなるべく僕とモフが守るからさ、だからいなくなるとか言うなよ」

『きゅきゅん！』

『お、おう……わかっているならいいんだけどよ。……その、まあ……よろしくたのまぁ』

「まあ、村がこの状態だとすぐに冒険者になりに行くのは難しいかもしれないけどね……」

村の守護者だった父さんと母さんがしばらく戦えないかもしれない状況でこのポルック村を復興するのはたぶん厳しい。もっと魔境から離れたところに一度避難をする必要があると思う。とりあえずはこのエルフをどうするかが先だけど。

「それで、この術をタツマならどうする？」

『ああ……リューマは属性の相性について知っているか？』

「え？　……うん。わかるよ。水属性が火に強いとかってやつだよね。フレイムキマイラ戦でもさんざん助けられたし」

　スライムは頷くように粘体を震わせる。

『そうだ。この世界に属性魔法が何種類あるかは知らないが、普通に考えて〈火〉、〈水〉、〈風〉、〈土〉の四属性はあるだろう？　〈火〉は〈風〉に強く、〈風〉は〈土〉に強く、〈土〉は〈水〉に強く、〈水〉は〈火〉に強いってやつだな』

　うん、知ってる。でもこれは概念的なもので必ずしも絶対的優位を保証するわけじゃないんだよね。〈火〉だって火力が強ければ、僕が火傷したみたいに〈水〉を蒸発させてしまうし、〈水〉だって強い流れは〈土〉の堤防を押し流すこともできるからね。そのあたりも理解したうえで僕は頷く。

『で、ここに【闇術】を用いた術があって、エルフが【光術】を持っている。つまりこの世界には〈闇〉と〈光〉の属性もある。じゃあ、このふたつの属性は他の属性との相性はどうだと思う？　もっとも【中二の知識】を持ったお前なら答えるのは簡単だろうけどな』

「うん、他の四属性とは有利不利なしで〈闇〉と〈光〉の中でだけ相反関係になるんでしょ」

『ああ、そうだ。それなら【光術】には闇の術式を解除できる可能性があると思わないか？』

「……確かに。言われてみれば……いや、むしろそれしかない！　って感じだね」

生き残った村人の中には、この深森のシルフィリアーナというエルフが怪しげな香炉で麻痺の香をばら撒いたことを見ている人もいるかもしれない。もちろん実際にその通りで、その事実は動かせない。操られていたからといってそれをなかったことにはできない。なんらかの罰が与えられるべきだと思う。

でも、本当に悪いのはこの人を操っていた人魔族なんだから、この人が生き残った村人たちの恨みを一身に受けるのは違うと思う。……ただ、人魔族がいたということは僕たちしか知らないというのが問題といえば問題かな。

村の人たちが今回のことをどう認識しているかがわからないから、この人をどういう状態で連れていったらいいのか判断に困るところなんだけど……例えば、この状態で連れていくほうが操られていたというのをアピールできて、回復した状態で連れていくよりこの人も被害者のひとりだと思ってもらえる可能性がある。

『また小難しいこと考えてんのか？　現場にいた俺の感触から言えば、「いきなり現れたフレイムキマイラに襲われた」っていう認識だと思うぜ。お前の親父さんだけが行商人が怪しいということに気がついていたんだ』

「父さんが？」

『ああ……あの人魔族もなんとか尻尾を出さずにとぼけていたが、親父さんの力が侮れないと思ったんだろうな。念のために準備しておいた香炉を使う決断をしたのは、おそらく親父さんがいたからだ。あとは、自分だけで村人全員を殺して回るのは手間だから魔物を呼び寄せ、自分は村を逃げ出した村人を狩ろうとしていた。こんなとこじゃねぇか』

……あの人魔族はどうしてそこまで僕たちを憎んでいたんだろう。もし、人魔族全体があのアドニスとかいう奴と同じ考えだったとしたら、今後もどこかで同じようなことを起こすかもしれない。そのあたりのことをもしこのエルフから聞き出せるなら、やっぱり精神支配は解いておいたほうがいい。

「精神支配が解けるかどうか、やってみるよ」

ハイエルフの白い腕にそっと触れてスキルを発動させる。今度はなんの危険もなくトレードできるから安心だ。こっちの指定スキルもレベル1のスキルでいいか。

【技能交換(スキルトレード)】
対象指定　「光術2」
交換指定　「解体1」
【失敗】

あっと、失敗した。もう一回だ。

【技能交換（スキルトレード）】
対象指定　「光術2」
交換指定　「裁縫1」
【成功】

よし、成功した。じゃあこれを使って治療ができるかどうかやってみよう。

魔力はまだ少ししか回復していないので無駄撃ちはできないけど、初めて使う魔法だから使用感は確かめておきたい。ぶっつけ本番はちょっと不安なんだよね。

ということで、取りあえずまだ火傷の跡が消えきらない手のひらを上に向けて光の球をイメージしてみる。

「おぉ……明るい」

リミの発動速度と比べたらずいぶんと遅く感じるが、それでも数秒で生み出された光の球が室内を明るく照らしている。

『よし、リューマ、その球を天井付近にとどめて維持してみろ』

タツマのムチャぶりという名の訓練はいつも唐突に始まる。もう、慣れたから別に驚かないけどね。言われるがままにイメージと連動させ軽く手を押し上げる。

押し上げられた光の球は慣性に従うかのような動きでふわりと浮き上がり、天井付近で止まるとそのまま室内を照らし続ける。

『魔力の消費はどうだ？』

「うん……四属性は維持するのに魔力を削られてたけど、【光術】は大丈夫みたいかな」

『なるほどな……だとすると光や闇の属性は込めた魔力の量だけ効果が維持できるのかもな』

「っていうかタツマは光も闇も魔法は使えないけどね」

『うっせ！　いつスライム無双伝説が始まるかわからねぇだろが！　知識は大事なんだよ』

タツマと気の置けない会話をしていると、さっきの言葉を裏付けるように、天井から室内を照らしていた光の球が徐々に小さくなって消えていった。お試し程度の少ない魔力だったから持続力がなかったということか。

「そう考えるとアドニスがかけた精神支配は、【闇術】の魔力がまだ尽きていないから術が解けないってことかな？」

『たぶん……な。精神支配なんていう大層な術の魔力消費が軽いわけねぇとは思うから、放っておいても遠くないうちに解けるかもしれないぜ』

そうなると、逆にいまの僕の魔力じゃ解除しきれない可能性もあるか……

「うん、でもせっかくだからやってみるよ。いまは失敗しても解除の見込みがあるってわかっただけでも気分が楽になったしね」

『だな。試しても無駄にはならないだろうから好きにすればいいさ』

えっと……イメージとしてはエルフの頭の中にある闇を光で照らすというか、祓う感じでいいか。

手のひらに光を集めるイメージ……それをエルフの額に乗せて送り込む。……あぁ、なるほど。こっちから送り込む光がなにかに抵抗されているような感触がある。ただ、思ったよりも抵抗は小さい気がするから精神支配の魔力は思ったより消費されていたのかも。もしくはハイエルフの抵抗力が強くて消耗が激しかったという見方もあるか。もしそうなら、この人はこんな状態でもちゃんと戦っていたのかもしれない。

それもこれもまずはこれがうまくいってからの話。手応えはある……もともと少なかったけど、残りの魔力を全部【光術】に注ぎ込んで強く！　一瞬でもいいから強い光で闇を吹き飛ばす！

『うお！』

『きゅうううん！』

瞬間、部屋の中が白い閃光に包まれた。持続時間ゼロ、光量最大の光魔法だ。これで駄目なら、時間経過での解除を待つか、僕の魔力の回復を待つか、リミに【光術】を渡して使ってもらうかしかないけど、リミもいまは魔力枯渇中か……最悪明日以降になっちゃうかも。

魔力が少し回復するたびに、すぐにまた速攻で魔力を使い切るとかひとりMプレイかと突っ込みたくなる。魔力枯渇による酷い目眩を感じつつ、まぶしさに閉じていた目を開けてエルフの顔を覗き込んでみるが、さっきまで開いていたエルフの目が閉じられている。一瞬なにか変化があったのかと思ったけど、意識は支配されていてもまぶしいときに目を閉じてしまうのは普通の反射行動か。

「すみません、聞こえますか？　僕の言葉がわかりますか？　……あなたを操っていた人魔族はもういません。意識が戻っていたら目を開けて返事をしてください」

呼びかける僕の声が聞こえたのか、エルフはぴくりと身体を震わせたあと、ゆっくりと目を開けた。その目は静寂に包まれた湖水のような深い蒼……同じ目なのにさっきまでとはまるで違う。吸い込まれそうに深い蒼色でとても綺麗な瞳だった。

「よかった。どうやら精神支配は解けたみたいですね」

「あ……なた、が助け……てくれた、のを覚えて……います」

まだしっかりと意識が覚醒していないのか、小さくかすれた声だったがどうやら操られていた間の記憶もあるようだった。

「動けそうですか？　動けるならすいませんが僕と一緒に来てください。あと、足の縄は解きます。でも申し訳ないですが手の縄は解くわけにはいきません。外套を貸しますのでそれで隠していてください」

危険はないと信じたいけど、やはり縛めを解くのは父さんたちの指示を待ってからのほうがいい。かといって縛られているのを他の村人たちに見られるのも皆を刺激しそうだから取りあえず隠す。外套はこの家にあったものだけど、非常事態だから借りてしまおう。……もちろん後でちゃんと返すよ。

「……すべて、おっしゃるとおりにいたします」

記憶がある以上、自分がどういう状況に立たされているのかも理解しているのだろう。その表情は断罪を望む受刑者の顔だった。

いまの僕にはその顔をどうにかしてあげるだけの判断は下せないし、どうなるかわからないのに適当な慰めをかけてあげることもできない。


外套を着せ、フードを被せたハイエルフを連れて半ば壊滅した村の中を横断して、東門の外にいる村の人たちのところへと移動する。途中、村の惨状を見て息を飲んだハイエルフが肩を震わせ、フードの陰から光るものをこぼしていたけど……気がつかなかったふりをした。いまはなにを言っても恨みごとや皮肉に聞こえてしまいそうだったから……

東門の外で待っていてくれたリミに、父さんたちのところへと案内してもらう。村人たちは東門から少し離れたところまで避難していて十分ほど歩いた。

その間、リミはずっと外套を被ったエルフを気にしていたけど雰囲気を察してくれたのか、なにも聞かないでいてくれた。リミに案内されてたどり着いた村人たちの避難場所は大きな木が一本立っている小高い丘の周辺。この大木に登ると辺境が見渡せることからポルック村ではこの丘を《見晴らしの丘》と呼んでいて、よく村の人が散歩がてらピクニックに来るような憩いの場だった。

だけど、いま丘の周りで無気力に座り込んでいる村人たちには明るい空気なんて欠片もなく、重い疲労の色だけが見える。たぶんだけど肉体的な疲労よりも精神的なもののほうが大きいんだと思う。ほとんどの人が住んでいた家が壊れたり焼け落ちたりしているし、なにより家族同然に付き合ってきた人たちをたくさん失ってしまったから……本当は僕だって声を上げて泣きたいくらいだった。

でも、僕はいままで守護者の息子ということで村の人たちよりも優遇されてきた。優遇されてきたといってもほんの少し食料を多くもらったりとか、見張りを免除してもらったりとか些細なことだけど、貧しいポルック村ではそんなほんの少しのことだって大変だったはずなんだ。

村の人たちは一番危ない仕事をしてくれているんだから当然だよって言ってくれてたけど、父さんたちはいつも言っていたんだ。村の人たちの気持ちに応えるために俺たちは守護者としてしっかり働けばいいって……その言葉のとおり、父さんも母さんも精一杯戦った。その結果、怪我をして動けなくなっちゃったけど……だったら今度は僕が父さんたちの代わりに村のためにできることをしなきゃいけない。

「りゅーちゃん。あの天幕の中に村長さんとおじさんたちがいるよ」

リミに教えられた場所には布を枝に吊って広げただけの簡素なテントがあった。いつ逃げ出すかもわからないし、別に雨が降っているわけでもないのにわざわざテントを設営したのはなぜだろう。

『それだけお前の親父さんとお袋さんが村人に頼りにされていたってことじゃねぇか？』

そうか、怪我をして動けない父さんたちの姿を村の人たちに晒（さら）し続けると、皆が不安になっちゃうから……

「あ、そうだ。リミの……えっと……ミラン……おばさんとデクスおじさんは？」

「うん……無事だった。お母さんが崩れた家に足を挟まれてて、ちょっと危なかったんだけどりゅーちゃんが早く行けって言ってくれたから、お父さんとふたりでぎりぎり助けることができたよ。いまは、私が出したお水をみんなに配ったりしてくれていると思う。ありがとう、りゅーちゃん」

よかった……おばさんやおじさんにもしものことがあって、リミが泣くようなことにならなくて本当によかった。

「ううん、僕はなにもしてないよ……おばさんを助けられたのはリミが頑張ったからだと思うよ」

「……うん。それでもありがとうね。りゅーちゃん」

「そっか……うん、わかった。……じゃあ、ちょっと父さんたちと話してくるね」

意外と頑固なリミはたぶん引かないと思うので、素直に感謝を受け取ると、エルフを連れてテントの中へと入る。別に外で待っていてくれてもよかったんだけど、タツマとモフも一緒である。

布の端を持ち上げて中に入ると、隅の方に敷かれた毛布に横たわる母さん、その看病をしてくれているのは母さんをここまで逃がしてくれたラビナさん。そこにほど近い位置に意識を取り戻した父さんと、村長のジンガさんが逃げ出す時に持ち出してきたのか木箱のようなものに腰掛けていた。

父さんは大量に血を流したせいか、かなり顔色が悪い。心配だけど、たぶんいまは休むように言っても聞いてくれないだろう。

「おお！　リュー坊……ガンツに聞いたぞ。大活躍だったそうじゃな」

暗い雰囲気を取り払おうとしてのことなのか、天然なのかはわからないけど暢気(のんき)な村長に思わずため息が漏(も)れる。この程度のことが受け流せないなんて僕も結構疲れてるな。

「村長……たくさんの村の人たちが亡くなりました。とてもじゃないけど僕は活躍したなんて言えません」

「……お、おぉ、そうか。そうじゃな……すまんのぅ。だが、いまの儂らには新しい希望が必要なんじゃ」

「村長！　その話はしないでくれと言っておいたはずですが？」

「そ、そうは言ってもじゃな、ガードン。守護者であるお前も、その伴侶であるマリシャも戦える状態ではないのじゃ。村の者たちにはそれでも大丈夫だと思えるような新たな希望が必要なんじゃ」

「それを成人したばかりのリューにやれというのは認められないと言ったはずです。リューは近日中にリミちゃんと一緒に旅立つ予定だと言ったでしょう」

「じゃ、じゃが！　村がこんな状態で旅立つなど……」

「たかだか成人したばかりの男の子ひとりに頼らなければどうにもならないような村なら、どちらにしろ長くはない！」

「しかし！　それでは儂らは魔物が出たら死を待つだけではないか！」

「それも心配いらないと言ったはずです。フレイムキマイラとの戦いで生き残ったヒュマス、ガンツはレベルが上がったはずです。とりわけガンツにおいてはとどめを刺していますから大幅にレベルが上がっているでしょう。森に狩りに出ていたシェリルのグループも戻ってくれれば充分な戦力です。……なにより私とマリシャも完全に戦えなくなったわけではありません！」

「む……むう」

……あ、なんだかふたりのやりとりに飲まれて呆然と眺めてしまった。いろいろ気になる言葉があったけど……結局のところフレイムキマイラ戦での僕の活躍を大々的に村の皆に広めて、希望の象徴みたいにしたい村長と、そうはさせまいとする父さんの対立みたいだった。

父さんも村長の言いたいことは理解できているんだろうな……仮に村長を諦めさせても、村人たちが勝手に僕をそういう目で見始める可能性があることも。だから……

「いずれにしろ、リューマたちは数日中に旅立たせます。村長……ポルック村出身の初めての冒険者です。気持ちよく送り出してあげましょう」

僕とリミの旅立ちをまるで予定してあったかのようにして、僕がそう見られないようにしてくれているんだ。

『いい親父さんだな……お前がこの小さな村に縛り付けられないようにしてくれているんだな』

うん……知ってる。父さんと母さんはいつでも僕が尊敬できる最高の両親で、超えるべき師匠だ。

「……そう……じゃったな。リュー坊もリミちゃんもほんに頑張っておった、毎日毎日、お前の家から訓練の音が聞こえない日はなかった。……そんなふたりの門出に大人の都合で水を差すのはあまりにも情けのないことじゃったな」

どこか憑き物が落ちたような顔でため息をつく村長。

　ジンガ村長もいつもはとても気のつくいい村長さんなんだけど……さすがに今回の件はなりふり構っていられないほどの衝撃だったんだと思う。こんな僕を英雄に祭り上げなきゃならないと思い込むほどに。もっともいまの僕が英雄だなんてとんでもなく名前負けで、次の守護者を引き受けてもすぐにメッキが剝がれて面倒くさいことになっていたと思うけど。

「驚かせて済まなかったなリュー。まずは、ちょっとこっちに来てくれ」

　村長が納得してくれたことに安堵したのか、幾分顔色が良くなったような気がする父さんが残っている右手で手招きしている。

　なんだかよくわからないけど、取りあえず言われるがままに父さんの近くまで行くと、父さんはその一本しかない手を僕の背中にぐるりと回して強く僕を引き寄せた。

「よく、やってくれた！　お前は俺たちの自慢の息子だ」

　え、ちょ……ちょっと待ってよ父さん。せっかく……せっか……く、ここまで、頑張ってきた……のに。そんなこと……され、たら……

「と……さん、父さん、父さん！　生きててよかっ……手……ごめ……あり…………う、ぁ」

　あとは言葉にならなかった、ずっと抑えてきていた不安や痛みや恐怖、後悔……そして安堵が父さんに抱きしめられたことで一気に溢れてきて僕は幼い子供に戻ったかのように泣いた。

閑話

モフ↓特訓（という名の改造計画）

『なあ、モフ。お前は強くなりたいか？』

　頭上のタツマに思念で話しかけられたモフに、その言葉の意味のすべてが伝わっているわけではない。だが、タツマの持つ【共有】という魔物の技の効果でなんとなく言いたいことは伝わっている。だが、ただ強くなりたいかと聞かれても強さの概念がいまひとつ理解できていないモフには答えようがない。

「きゅん？」

『ん？　……ああ。わりぃ、わりぃ、聞きかたが悪かったな。リューマを守ったり助けたりできるようになりたいか？』

「きゅきゅん！」

『おほ！　今度は即答かよ。愛されてるなぁ、リューマの奴』

　罠にかかり殺されるしかなかった自分の未来を、命がけで救ってくれた自分の主のためにと聞かれれば、モフの回答は決まっている。諾以外の回答はあり得ない。

『それならよ、俺が指導してやるから特訓とかしてみるか？　お前にはいつも乗っけてもらってるし、協力するぜ』

「きゅん！」

きりっとした顔で耳を立てるモフの姿はメスなのに勇ましい。

『よし！　まずはランニングだ！　村の防壁に沿って十周、後ろ脚の動きを意識しろよ。モフの後ろ脚は鍛えれば立派な武器になるはずだ』

「きゅん！」

『いいぞ！　次は跳躍の練習だ！　垂直跳び五十本、幅跳び五十本！　距離は計測するから手を抜くなよ……いや、脚を抜くな！』

「きゅきゅん！」

『次は壁押しだ！　この木の幹に後ろ脚をかけて前脚だけで体重を支えろ。そのままの姿勢から木を倒すつもりで押せ！』

「きゅきゅきゅん！」


二体の魔物による特訓は熾烈(しれつ)を極めた。周りで見ていた村人たちはなにをしているか想像もつかず、ただ可愛い毛玉とスライムがじゃれているのを笑顔で見守っていた。向き合った状態でぽよぽよと震えるスライムと甲高(かんだか)く愛嬌(あいきょう)のある鳴き声をあげるモフ。周りから見れば癒(いや)しの光景でしかないその裏で、当人たちの間では、聞いた者が思わず引くほどのスパルタ指導が行われていたのである。

『ようし、準備運動は終わりだ！　ここからは実戦で使える戦い方を試行錯誤していくぞ。お前の武器はなんだ！』

「きゅ！　きゅん！　きゅきゅん！」

『そうだ！　お前の武器はまず牙による噛みつき。次に尖らせて硬質化させた角耳、そしてその発達した後ろ脚だ』

「きゅん！」

『ただし、お前の牙は小さすぎる。大きな相手には有効打になりえないだろう。だからその牙を使うときは相手の急所を一撃で噛み切れる確信があるときだけだ』

「……きゅ～ん」

『落ち込むのは早い。奥の手は隠しておくものだ』

「きゅん！」

『となればお前がリューマを守るために主として使う武器はふたつ。角耳と後ろ脚だ！』

「きゅきゅん！」

『まずは後ろ脚だ！　生まれ持ったその強靭な後ろ脚は走るためだけのものじゃない！　回避

にだけじゃなく、防御にも攻撃にも使えるはずだ！　その自分の武器を自覚しろ、そいつを自由自在に使いこなせるようになればお前はリューマのペットとしてだけでなく、護衛としてさらに役に立つことができるはずだ』

「きゅ！」

『そして角耳だ！　いいか、角耳はただ刺すだけじゃ駄目だ。角耳を槍と思え！　そして、これからはリューマたちの特訓をよく見るんだ。槍の基本は〈受け〉、〈払い〉、〈突き〉。角耳でそれができるようになったとき、お前はリューマのために、リューマと共に、肩を並べて戦える騎士になる！』

「きゅきゅ～ん♡」

『よし、休憩は終わりだ！　まずは角耳での素振り、〈受け〉百本、〈払い〉百本、〈突き〉二百本だ。終わった後ろ脚での蹴り、上段、中段、下段百本ずつ！』

「きゅん！」


魔物にもいろんなスキルを覚えさせることができるのかどうか、そんなことを考えたタツマの思いつきで始まったモフ改造計画は、モフの想像以上のやる気の産物か、想定外の盛り上がりを見せ、暇さえあれば行われることになる。

リューマの特訓を参考に稽古しつつ、走り込み、筋トレ、素振り、狩りによる実戦練習……

そしてその成果は着実にモフへと反映されていく。

「ちょ、ちょっとどういうことだよタツマ！　モフが【蹴術】とか取得しているんだけど！　しかも称号がペットからペット兼護衛になってるし？」

『……ああ、俺もびっくりしたぜ。まさか本当にスキルを覚えて、護衛に昇格するとはな。この調子ならそのうち本当に【槍術】覚えて、騎士も目指せそうだな』

「いや、意味がわからないから。タツマはモフをどうしたいの？」

『なにを言ってやがる。モフが日々頑張って特訓したのも、その結果スキルを得たのも、護衛に昇格したのも全部お前の助けになりたいからに決まっているだろうが。俺がモフをどうしたいかなんて関係ない、モフがどうなりたいかだけだ』

「ぐ……タツマのくせに、格好いいじゃないか。わかったけど、あんまり無茶はさせないでよ」

『くくく……ああ、任せとけ』

のちに本当にモフが【槍術】を取得し、しかもあっという間にスキルレベルで追いつかれ、リューマが激しく落ち込むことになるのだが、それはまた別の話である。

エピローグ ポルック村→旅立ち

ひとしきり泣いて気持ちが落ち着いてくると、今度は恥ずかしさが込み上げてくる。成人した大人が父親の腕の中で号泣とまではいかないまでも、そこそこ大泣きしていたという事実がいたたまれない。

「なんだ？　照れているのか？　いいじゃないか、成人していたって子は子だ。こんなときくらい自分の親に甘えたって構わないさ」

父さんは笑いながらそう言ってくれるが、そういうわけにもいかない。そっと涙を拭うと父さんの腕から抜け出す。きっと周囲の人たちには僕の泣き声を聞かれていたはずで……皆がどんな顔をしているのかを考えると恥ずかしくて外に出られないよ。

「う、うん。もう大丈夫だから……それよりも父さん！」

強引に話を戻すべく、後ろで待機していたエルフに視線を向ける。

「ああ……例の女だな」

僕の言いたいことを正確に把握した父さんに、僕が知りえた情報を伝えていく。

行商人が人魔族（じんまぞく）だったこと。その人魔族が他種族に強い恨（うら）みを抱いていたこと。エルフが【闇術】で精神支配されていたこと。その能力で魔物を呼んでいたこと。人魔族がモフに倒されていること。戦闘後にエルフの精神支配の術を解除してあること……

「そうか……フレイムキマイラとの戦いのほかにもそれだけのことをしてくれていたのか。今回村が全滅しなくて済んだのは間違いなくリューのおかげだな」

「違うよ父さん。父さんやガンツさんがフレイムキマイラを抑えてくれなければ、僕はなにもできなかった。ほかにも命がけで戦ってくれた人たちや、避難に協力してくれた人たち……皆が頑張ったからこれだけの人が生き残れたんだ。それでもたくさんの人が……」

言葉に詰まる僕の頭に父さんが手を乗せた。

「そうだな」

父さんはそれだけ言うと、視線をエルフに向けた。

「まずはフードを取ってもらえるか」

「……はい」

エルフは緊張しているのか、返事こそ一瞬の間があったものの父さんの指示に素直に従い、縛られたままの両手で器用にフードを上げた。

「ほう……これは」

フードを取ったエルフを見てジンガ村長が感嘆の声を漏らす。その目にはちょっとだけ好色なものが混ざっているように見える。っていうか村長、歳を考えてください。

「名前は？」

「『深森のシルフィリアーナ』と申します。人族の方々には長々しいと思いますのでシルフィリアーナと……それでも長いようならばシルフィで構いません」

エルフのシルフィはゆっくりと両膝を地につけ頭を垂れるとそう名乗った。確かエルフはとてもプライドの高い種族だったはず。選民思想を持ち、他の種族よりも優位種であるとの意識が強い。エルフ同士以外で自分の本当の名前を教えることは稀、ましてや略称で呼ぶなど侮辱していると思われかねない。しかもシルフィはハイエルフ……それだけ彼女は今回のことを重く受け止めているという証拠だろう。

「そうか……ではシルフィ。今回の、事の顚末をすべて話してもらえるか」

「はい……私が見聞きしたことはすべてお話しします」

それからシルフィの話した内容は、こんな田舎のポルック村には本来まったく関わりがない話だった。

シルフィのいた里。つまりエルフたちが暮らしていた場所は、驚くことにジドルナ大森林の奥にあるらしい。

もっとも、そのままでは当然暮らせないので、長老と呼ばれるハイエルフたちの秘術によって里全体を巨大な結界で覆い、魔物の侵入を拒んでいるようだ。でもなぜエルフたちはそんなところで暮らしているのだろう……

まだ若いシルフィはその理由を知らなかったが、狭い里の中だけの世界に辟易していたらしく、薬草を取りに行くと言っては、いつも結界ぎりぎりまで森の中に入っていくのがシルフィの毎日の日課になっていたという。とはいってもそれはあくまで口実でろくに採取もしないでぶらぶらしているだけだったのかな……スキルに【採取】すらないからね。

だけど、ある日。いつもとは違う方角に行ってみたら、ある薬草が群生する場所を見つけてしまった。いつもの薬草なら放っておいたのだが、その薬草はとても貴重なもので里でたまに流行る病の特効薬になるものだったから、その日だけは本当に採取をすることにした。

しかし、夢中で採取をしているうちに知らぬ間に結界を出てしまっていたらしい。そこからは精神支配の影響下にあり、記憶は曖昧になっているらしいが、最初はアドニスに結界の抜け方や破壊する方法をしつこく聞かれた。だがシルフィが知らないとわかると、今度はシルフィの能力について事細かに説明をさせられた。

そこで【精霊の道】についても知られてしまい、アドニスのいる場所と結界を抜けた場所を【精霊の道】で繋ぐことでジドルナの奥地に結界で閉じ込められる形になっていたアドニスを外に出してしまったらしい。

結界を出たアドニスは外の世界の情報を収集するかのように辺境を移動、途中で見つけた村の人々や行商人を次々と殺していったらしい。その道中で行商人に化けて移動することを思いついたようだ。

ポルック村の西側を荒らして回ったアドニスは、調査は充分だと告げ一度ジドルナに戻るつもりだった。その途中に見つけたのがポルック村だった……とのこと。アドニスの人魔族以外に対する憎悪はとても強く、ポルック村以外でアドニスに出会って生き残った人間はひとりもいないらしい。

「……なんと……まあ……人魔族、か」

シルフィの長い話を聞き終えたジンガ村長が呟く。

「何か知っているのか？　村長」

「む……古い文献の中に見たことがある。人魔族というのはその昔、今よりも魔物が多くはびこっていた時代に被害に遭った女性たちが産み落とした魔物の血を引く者たちのことじゃ」

『へぇ……魔物とのハーフか。どうりであの見た目。それにあれを持っていたことにも説明がつくな』

人魔族ってそういう人たちだったのか……正直ちょっと衝撃で混乱する。タツマはなんか納得してぶつぶつ呟いているけど僕ほど混乱はしていないようだ。

「でも、どうしてあんなに他種族を恨んでいるんですか」

「リュー坊、儂らの中にはちょっと自分たちと違うだけで受け入れられない者もたくさんおる。人族も、獣人族もドワーフのような妖精族も仲良う暮らしとるポルック村が特殊なんじゃ」

村長が悲しげに表情を曇らせる。確かに、ポルック村以外ではまだまだ獣人族を蔑む人たちもいるって聞いたことがある。

「穏やかで優しく愛らしい獣人族ですらそうなのに、魔物の血を引く異形の者たちを他種族の人間たちは受け入れられなかったんじゃよ。あとはお決まりの迫害の歴史じゃ……」

……確かにそれなら恨む気持ちはわからなくもない。でも……だからといってすべての人たちを殺すなんて間違っている！　だからアドニスを肯定するつもりは毛頭ないけど……やるせなさは残る。

「さて……事情はわかった。おそらく嘘もついていないだろう。悪いのは人魔族の男だということも間違いないが……どんな事情があったにせよ、これだけの被害が出ている以上は無罪放免というわけにはいかないいな」

「……はい。いかなる処罰もお受けいたします」

シルフィは処刑さえも受け入れる覚悟があるようだった。彼女はさっき村の惨状を見て泣いていた。きっと今まで殺されてきた人たちのことも覚えているんだろう。自分では望んでいないのに無理やり自分の能力で人を殺し続けなければならないというのは、きっと辛い日々だったんだと思う。

「……わかった。ではポルック村の守護者ガードンが深森のシルフィリアーナに裁定を下す」

父さんは厳かにそう言うとアイテムバッグからなにかを取り出した。

「お前を奴隷に落とす。これからはポルック村再興のため冒険者として働くリューマに仕え、その旅に同行することを命じる」

……え？　奴隷？　……なに言ってるの、父さん。

『巨乳エルフ奴隷キタ――――――――!!』


「それじゃあ、行くね」

背中に槍をしょって、腰には剣とアイテムバッグ。防具は村では調達できなかったけど、雨避けも兼ねた革の外套を身に纏っている。

「頑張ってね。リューマ」

「ありがとう、母さん」

微笑む母さんの顔は、ここ数日のリミの【回復魔法】のおかげもあって、すっかり元通り綺麗になった。ただひとつだけ前と違うのは、長かった母さんの髪がベリーショートになったことくらい。髪の毛だけは【回復魔法】でも治せなかったんだ。母さんは「このほうが手入れが楽になってよかったくらいよ」とさばさばしていたけど、僕はあの髪も大好きだったので、また伸ばしてほしいとお願いしたら「考えておくわ」だって。

「リミちゃんやシルフィにあんまり迷惑かけないようにね」

「もう！　わかってるってば！　ちゃんとふたりとも僕が守るよ」

「りゅーちゃん！」

「リューマ様……」

　僕の後ろで喜ぶリミと、感動しているっぽいシルフィの声が聞こえる。ふたりとも、ちょっとありえないくらい美人さんだから、人の多いところに行ったら絶対ちょっかいをかけてくる奴が出てくると思う……テンプレ的に。そのあたりの対策というか対応はタツマとも充分検討済みだからたぶん大丈夫だと思うけど、男である僕がしっかりとふたりを守らないとね。

「それよりも母さん、父さんもだけど……スキル、本当にいいの？　困らない？」

「構わんよ。俺も片腕になった以上は鍛え直さなきゃならん、下手にスキルに頼るよりも鍛錬とともにスキルを上げ直したほうがいい」

　旅立つにあたり、父さんと母さんからいろいろ餞別をもらった。その最たるものが父さんの【槍術5】だった。

　父さんの腕はリミの【回復魔法】でも、僕から渡した【再生】でも治ることはなかった。ただ、【再生】のほうはなんとなくむず痒い感じがあるらしいので、時間をかければなんとかなるかもしれないと父さんは笑っていた。

　それに片腕だと振り回しづらいということで、父さんが愛用していた迷宮産の槍も譲ると言ってくれたけど、それはさすがに遠慮した。今回、武器がないせいで苦労したのにまた同じようなことがあったら困る。母さんだって槍は得意だから役に立つはずだしね。

　父さんは僕の【槍術２】を、もう一度片手での戦いかたを検討していく中で上げ直すらしい。それは……たぶん嘘じゃないけど本当でもない。結局、僕は最後まで父さんたちに守られてばかりだった。

「私も構わないわ。リミちゃんに【魔術の才】があるというのはここ数日で身をもって理解したし、リミちゃんが私の【回復魔法】をそのまま持っていてくれるのはとても安心だわ。うちのリューマをよろしくね。リミちゃん」

「は、はい！」

　そう、母さんも【回復魔法２】をそのままリミに渡すことを譲らなかったんだ。それどころかきちんとした呪文もリミに教えてくれた。呪文を詠唱しての【回復魔法】はイメージが補完されるらしく、威力は変わらないけど魔力消費がちょっと減るみたいで魔力総量がまだ多くないリミにはとても有効みたいだった。

「本当に金は大丈夫なのか？」

「大丈夫だよ父さん。食べるものさえあれば、途中で魔物を狩りながら行けばなんとかなるから」

　本当はすでに先日、深夜に狩人の森まで赴(おもむ)いて四年の間に貯め込んだ素材と魔晶をアイテムバッグに回収してある。どれもそんなに価値はないと思うけど、売れば当座の資金にはなるはずだった。

「フレイムキマイラの魔晶や素材をいくつか持っていってもいいんだぞ」

「いらないよ。それは村の人たちが立ち直るまでの資金にするって決めたでしょ」

ここ数日、村で亡くなった人たちの埋葬や瓦礫の撤去などをしてきたけど、やはりこのままこの村を維持するのは難しいという結論になっていた。

そのタイミングでいつも行商に来てくれていたトマス爺さんが村を訪れたのはまさに僥倖だった。村の惨状にとっても驚いていたトマス爺さんだけど、このありさまを見てひとつ提案をしてくれた。

「ポルック村がこの地で十年以上頑張ってくれたおかげで、人類の生息圏が少し広がっておる。西のほうは最近魔物の襲来があったらしくいくつかの村が潰れてしまったが、東は新しい村がいくつもできて、どこも人手不足に喘いでおる。そういった村へ皆で移住してはどうかの？ ポルック村をここまでにしたこの村の人たちならきっと喜ばれると思うが？」

どうやらポルック村が最前線で魔境から来る魔物を防いでいたおかげで、辺境都市からポルック村までの間にいくつか村ができていたらしい。そこなら受け入れてくれるように取り成すことができるとトマスさんは言ってくれた。

村長と父さんは村の大人たちを集めて相談した結果、移住を決断した。いまはたくさんの人が亡くなったポルック村にいるのが辛いというのが村の皆の気持ちだった。

その際の移住にかかる費用をフレイムキマイラの魔晶や素材で賄うというのが村の方針だった。フレイムキマイラから出る利益には僕にも権利があるって言ってくれたんだけど……僕たちだけ村の皆と別れて出ていくのに、それはさすがにもらえないから丁重にお断りしたんだ。

「そろそろ行くね」

そう言って振り向くと、僕と同じように両親と別れを惜しんでいたリミが僕を見て微笑んでくれる。リミも剣と槍を持ち、外套を纏っていて背中にリュックらしきものを背負っている。女の子は荷物が多いからね。アイテムバッグに入れてあげるって言ったんだけど、顔を赤くして頑なに拒否された。……なんでだろう？

胸元には僕が作ってあげたペンダントがちゃんと光っている。いつかもっとちゃんとしたものを作ってあげたいな。

「ああ、頑張るんだぞ。シルフィ、くれぐれも頼む」

「はい」

シルフィが頭を下げると金色の髪がさらりと風に舞う。その金色の光の合間に首に巻かれた緑色のスカーフが見える。このスカーフの下には、父さんが村から犯罪者が出たときのために持ってはいたけど使う機会がなかった奴隷の首輪が隠されている。

これは呪具の一種で、主（あるじ）となる人の血と魔力で発動させて装着した者は主に逆らえなくなるらしい。せっかく精神支配から抜け出したのにちょっと可哀想な気もするけど、村の人たちを納得させるためというのもあるし、シルフィ本人が厳罰を望んでいたということもあったのですんなりと契約は成されてしまった。まあ、だからといってシルフィを本当の奴隷のように扱うつもりはないけど。ただタツマが異様に興奮しているから、悪さをしないように注意しておかないといけないのが面倒といえば面倒かな。

そのシルフィも、同じように外套を身に付けてリュックを背負っている。外套がないと肩ひもに押し出された大きな胸がさらに強調されてヤバいことになっているので人前では外套を取らないようにきつく言っておこう。

ハイエルフは普通の金属製の剣や槍を持てないらしく武器は持っていない。スキルに【細剣術】があるのに？　と思ったので聞いてみたら、里にあった練習用の細剣は神銀と呼ばれるミスリルの一種だったそうで、それなら装備もできるらしい。だけど、そんなレアな金属の武器はポルック村では準備できない。だからとりあえず木製の弓と母さんが昔、魔法修行に使っていた短杖（ワンド）を持っている。

僕、リミ、シルフィ……そしてモフとタツマ。この三人と二匹？　このメンバーこそ僕が冒険者になるための第一歩を踏み出す瞬間の仲間たちだ。

正直不安はある。田舎育ちの僕が街でやっていけるのかどうかとか、ダンジョンの魔物たちと戦えるのか、とか……

でも、父さんたちのような冒険者になりたい！　その思いはいまも変わらない。むしろ今回の件で強くなっている。

「リューマ様」

「りゅーちゃん」

『きゅん！　きゅん！』

『さあ、いよいよだ！　行こうぜリューマ！』

うん、行こう。

「では、行ってきます！」

名前：リューマ
状態：健常

ＬＶ：17
称号：レッツわらしべ（熟練度が同じスキルのトレード率が１００％。以降レベルが差１広がるごとに成功率４割減）
年齢：14歳
種族：人族
技能：剣術２／槍術５／棒術３／格闘２／弓術２／風術１／光術２／統率２／威圧２／敏捷（びんしょう）４／調教３／解体１／木工２／料理２／手当て１／掃除２／行動（水中１／樹上２／隠密３）／視界（明暗２／俯瞰（ふかん）２／遠見２《４倍》）／耐性（毒２／風２／水２）／火無効５
特殊技能：鑑定　中二の知識
固有技能：技能交換（スキルトレード）
才覚：早熟／目利き（めきき）

名前：リミナルゼ
状態：健常
ＬＶ：８

称号：愛の狩人（思い人の近くにいるとステータス微増）
年齢：13歳
種族：猫人族
技能：剣術3／槍術3／回復魔法2／水術1／敏捷2／採取3／料理4／手当て2／裁縫2
特殊技能：一途
才覚：魔術の才

名前：深森のシルフィリアーナ《通称：シルフィ》
状態：健常（隷属：リューマ）
LV：22
称号：深森の友（木・水・土の精霊と親和性が高くなりやすい）
年齢：22歳
種族：ハイエルフ族
技能：細剣術2／精霊魔法3（木2・水2・土1）／手当て2／裁縫1
特殊技能：精霊化（精霊と一時的に同化することで大きな力を使うことができる。ただし長時間は要注意）

　精霊の道（精霊に依頼して常駐してもらっている場所と今いる場所の精霊の力を借りて道を作る）
才覚：従者の才《潜在》（心から仕えるべき主を見つけた時、成長に補正がかかる）

名前：モフ（従魔）♀
状態：健常
LV：12
称号：リューマのペット兼護衛（リューマの近くにいる時愛嬌+1、ステータス微上昇）
種族：角耳兎
技能：蹴術2／槍術2／愛嬌4（+1補正）／跳躍4／毛艶4／敏捷3／冷気耐性2
主人：リューマ

名前：タツマ
LV：3
称号：異世界の転生者（スキル熟練度上昇率大、異世界言語修得、****）

へたれ転生者（悪運にボーナス補正、生存率上昇）

年齢：－

種族：スライム

技能：採取1

特殊技能：－

才覚：－

裏章✦裏→トレーダー

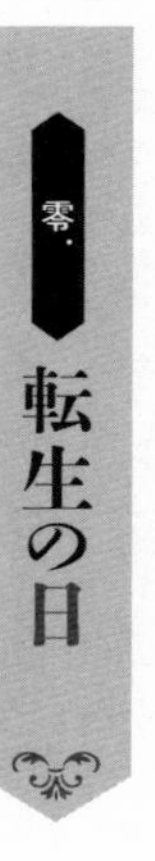

「兄貴、臭（くさ）いからこっち寄らないでって言ってるでしょ。私が部屋に行くまでリビングには立ち入り禁止！」

「……うるせえ。そんなに嫌なら洗濯バサミで、その低い鼻を挟んでおけばいいだろうが」

「龍馬（りょうま）！　妹に向かってなんてこと言うの！　この子はあんたとは違って繊細なのよ、成績に影響が出たらどうするの！　部屋に行ってなさい」

　ふざけんな。

「おうい龍馬、お前まぁたそんな本読んでんのかよ。俺たちもう高二だぜ？　いつまでも中二じゃいられねぇだろ」

「おいおい、手を出すのはやばいだろう？　いじめと勘違いされて死なれたりしたら困るじゃん」

「っとそうだったな。最近は当たり前のことを言われただけのくせに、被害者面（づら）して自殺する奴が多いからな」

「……クズが」

「はあ？　なんか言った？　オタクでクズ、オタクズの龍馬くん！」

「ぎゃははは！　オタクズとかマジで笑えるんだけど。ナイスセンスじゃん」

うるさい黙れ、クズ。どこがナイスセンスだ！　俺の前から消えろ。

「須崎（すざき）、おまえこのテストどうした？」

「は？　どうしたとはどういう意味ですか？」

「うん？　わからないのか？　これ何点だ？　九四点だよな。いつもまともに授業を聞いていないお前がこんな高得点取れるはずがないだろう？」

「……言っている意味がわかりません。歴史は興味があって好きなので、いつもそれなりの点数を取っていたはずですが？」

「やったんだろぉ？　……カンニングを！　先生見てたぞぉ、お前がちらちら周囲を覗（のぞ）いていたのをぅ。正直に言えば親御さんには黙っていてやるぞぉ？」

くそ教師が！　贔屓（ひいき）の女子生徒のプライドのために俺が不正したことにするつもりか！

俺、須崎龍馬の日常は理不尽（りふじん）と悪意に満ち溢（あふ）れていた。勿論（もちろん）、俺にも責任がなかったとは言わない。俺はかたくなに自分を曲げることはしなかったし、人間関係を円滑にするための努力もまったくしてこなかった。その結果が今の日常だと言われれば、ある程度は受け入れてやってもいい。

だが、現状はどうだ。俺が爆発しないのをいいことに、妹も親も元友人も学校の先生ですら俺をストレスの捌け口にするかのような扱い。言っておくが、俺は奴らになんら悪いことはしていない。自分から暴言を吐いたこともないし、暴力を振るったこともない。嫌がらせなんかしたこともない……だが。

だが！　これこそが俺が自ら望んで手に入れた環境だ！　世にあるネット小説の海を渡り歩けばわかる、異世界に転生や転移をするような主人公は高確率で地球での生活環境が不遇だということが！

こんなことを人に話したら馬鹿だと笑うだろう、狂っていると呆れるだろう。そんなことは自分が一番よくわかっている。それでも俺は異世界への転生を諦めたくないんだ。俺の生きる場所はここじゃない！　この地球ではない別のどこかだ。そのためにできることはなんでもやってやる。知識は日々蓄積しているし、押し入れやタンス、裏路地なんかも毎日確認している。トラックに轢かれるのはわざとやると駄目説が有力だから自分から轢かれにいくことはないが……

多分だが俺の努力が報われることはない。中二病をこじらせているとはいっても俺だって一般常識はあるからな。だけどいいじゃねぇか。この世にひとりくらい本気で異世界転生を望む馬鹿がいたってさ。

人生を棒に振る？　上等だ。須崎龍馬の人生を棒に振ったって、もし異世界に転生できたらそれだけで収支はプラスだ。人生を懸ける価値はある。

「龍馬、あんたまだ異世界とか夢見てるの？」

「ああ、諦めるつもりはないよ」

いつものようにスマホでネット小説を読みながら下校していると、部活が休みだったらしい中学からの同級生の美沙希が話しかけてくる。そこそこ美人で人気者なのに、こいつだけはなぜかいつまでも俺のことを見放そうとはしない。まあ、クラスのヒロインが底辺を気にかけているというのも、異世界転移のテンプレだから別に……か、構わない。

「……でも、それってこっちの世界の龍馬は死んじゃうか、いなくなっちゃう可能性が高いんでしょ？」

「……まあな。でも、もし俺が死んだり消えたりしたら異世界に行ったんだと思えばいいだろ。そうしたら海外旅行に行ったのと変わらないし、仮に俺のことを気にかけてる奴がいたとしても、悲しまないで済むだろ」

「そんなことないよ……龍馬がいなくなったら悲しいに決まってるよ。だから……」

「ば！　や、やめろよ。決心が鈍るようなこと言うなよ」

ちょっと頬を赤くしながら俺を見つめる美沙希にどぎまぎしながら、照れ隠しに小走りで美沙希を引き離し、ネット小説に没頭して邪念を祓う。

「龍馬！　危ない！　逃げてぇぇぇぇぇぇぇぇ！」

ああ、そうか。あのとき聞こえた誰かの叫び声は美沙希の声だったのか。ごめんな美沙希、でもこれでよかったんだ。俺みたいな頭のおかしい奴じゃなくてお前にはもっと……

一・須崎龍馬

日々繰り返される代わり映えのしない一日。

家にいれば勉強しろとしか言わない母親、浮気をして帰ってこない父親。兄を空気以下の存在のように扱う妹……。

学校は学校で、登校しても覇気のない教師、つまらない授業、大人たちの作った箱庭で黙々と飼われ、均一化されていくクラスメイト……

俺、須崎龍馬にとって世界とはそんなもんだった。

だから俺は、その鬱屈した日常のストレスの捌け口を空想の世界に求めた。ゲーム、ライトノベル、アニメ……俺はそういったもので表現される数多の世界にこのうえもなく惹かれた。

もちろん空想上の世界だってことはわかっていたさ。だけど別にいいじゃねぇか。

周囲から厨二病だなんだと馬鹿にされたって、この無味乾燥な世界で嫌な現実を押し付けられて生きるよりも架空の世界に思いを馳せ、いつかその世界で生きることを夢に見続けたって
そんなのは俺の勝手だ。

だから俺は今日も今日とて、異世界に思いを馳せる。手元の小さなスマホの画面に表示される、どこかの誰かが創り上げた架空の世界を練習台に、俺がそこへ行ったらどうやって生き抜くかをシュミレートする。

あらゆる可能性を想定しておけば、いつか自分が超常現象に巻き込まれて異世界に行くことになってもきっとうまくやっていけるはずだった。

その日も俺は学校から自宅への道を歩きながら予習に余念がなかった。あまりに集中しすぎて周りのことに対する注意力が著しく散漫になるくらいには。

だから誰かが叫ぶ声と、耳をつんざく複数のブレーキ音、更には鳴り響くクラクションに手元のスマホから視線を上げたときにはすでに視界一杯にトラックが迫っていた。

ヤバい！　そう思ったがいまさらどうしようもない。ただ、そんな状態からでは絶対にはっきりと見えるはずもないのに、運転手の中年男が居眠りをしていたのだけはなぜかはっきりと認識できた。

どんっ、と激しく全身をいっぺんに叩かれたような衝撃。おそらくは即死だったんだろう、ほとんど痛みを感じる間もないまま俺の意識はブラックアウトした。

だが、二度と目覚めることはないと思っていた俺の脳裏には……。

『転生準備中……Ｎｏｗ　Ｌｏａｄｉｎｇ　22％』


なんの説明もなく、そんな表示が浮かんでいた。俺の意識は一瞬で覚醒したね。

だって転生だぜ転生！　俺にはなにがどうなって、どうして転生を準備しているのかなんてわかりゃしない。

この場に説明をしてくれるような奴がいないということは、神とか女神とか、そういった超常で頂上な意識体を介した転生ではないのだろう。

誰も死んだ後のことはわからないんだし、もしかしたら人は死ぬと全員こうして転生していくというのがデフォルトなのかもしれないしな。


『転生準備中……Ｎｏｗ　Ｌｏａｄｉｎｇ　47％』


いずれにしても俺はこれからどこかに転生するらしい。再び地球のどこかに生まれるという可能性もないわけでもないし、この俺の記憶が保持されているかどうかという保証もないのが不安といえば不安だが、こういう場合は意志をしっかりと持つことが大事だ。

地球以外に俺のまま転生しろ！　地球以外に俺のまま転生しろ！　地球以外に俺のまま転生

しろ！　地球以外に俺のまま転生しろ！　地球以外に俺のまま転生しろ！　地球以外に俺のまま転生しろ！　地球以外に俺のまま転生しろ！　地球以外に俺のまま転生しろ！　地球以外に俺のまま転生しろ！

『転生準備中……Ｎｏｗ　Ｌｏａｄｉｎｇ　98％』

さて、勝負だ運命！

『転生準備中……Ｎｏｗ　Ｌｏａｄｉｎｇ　１００％　転生します』

そうしてまた俺の意識はブラックアウトした。

二．転生

次に意識が戻ったのはなんかちょっと狭苦しい感じの場所だった。

だが、転生準備を経たせいか、すぐにここが地球じゃない世界だということがわかった。

『よっしょあぁぁ！　これが異世界転生かぁ！　まずはとにかく状況の確認だよな』

名前：リューマ
状態：魂の上書き中……
ＬＶ：８
称号：わらしべ初心者
年齢：10歳
種族：人族
技能：剣術２／槍術２／統率１／隠密２／調教２／木工２／料理１／手当て１／解体１／掃除

　2／採取1／裁縫1
特殊技能：鑑定／須崎龍馬の魂（上書き中……）
固有技能：技能交換
才覚：早熟／目利き

　おぉ、ステータスが出てきた。どうやらこの世界の人間に転生するパターンらしいな。いろいろ確認したいことが多いがひとまず体を……っと、まだ体が動かない。元々の身体の持ち主への転生がちゃんとできていないのか？　ん？　……上書き中？　これがまだ終わってないのか。

　なるほどね。この上書きが終われば無事このリューマという子の中に転生ができるわけか。しかも、どうやらスキルもたくさん持っているっぽいからな、これからが楽しみだぜ！

　だけど、乗っ取り系だとすでに親とかがいたりするだろうから、記憶の齟齬とかが出るかもしれないな……となれば。転生終わったら、まずは記憶喪失を装って身の周りの環境を把握して、ステータスでチートがあるかどうか確認だろ。そっからどうやって最強目指すかを考えないとな。うあ、燃えるぜ！

「ぐ……やめろ！　僕の頭の中で……わけのわからないことを、言うな！」

　おっと……元の持ち主の声だ。それにしても……結構抵抗力あるなぁ。転生ものでいきなり抵抗されるとか珍しいけど、力関係は俺のほうが上っぽい。精神的な成熟度の違いか？　俺はもうすぐ十八だし、こいつはどう見繕（みつくろ）っても十歳前後っしょ。経験値が違うってやつ？

　しぶとく足掻（あが）いていて抵抗されている感じはするが、間違いなく上書きの力のほうが強い。このまま問題なく終わるはずだ。

「なんだ？　なんだこれ！　……がぁ！　頭が……割れる！　イタイイタイイタイ！　く、くそ！　僕は……僕がリューマだ！　お前なんかに負けてたまるか！」

　おお！　やるなぁ。この状態でまだこれだけ啖呵（たんか）切れるって、さすが今後の俺の体だぜ。だけど俺だってせっかくの異世界転生だ、譲るつもりはないぜ。お前の魂じゃ、いまの俺には敵（かな）わない。別に体が死ぬわけじゃないし、もしかしたら共存だってできるかもしれない。そんなことになったら仲良くやっていこうぜ。

「…………！」

なんだよなぁ……俺は本心から仲良くやっていきたいと思ってんのに。別にこの転生自体は俺が意図して起こしたもんじゃないし、俺がどうこうできることでもないから上書きが終わった状態がどんな状況になるのかわかんねぇけど、もしこのリューマって子の意識が残るようなら、その結果を受け入れる覚悟はあるぜ。
どんな形の転生になっても、あるがままを受け入れるのが異世界転生を望んだ俺の責任ってもんだろ?

【技能交換(スキルトレード)】
対象指定「再生1」
交換指定「須崎龍馬の魂」
【成功】

そのとき、俺の脳裏に一瞬そんな文字が浮かび、感覚が突然切り替わる。今までは特に違和感はなかったのに突然視覚も、聴覚も触覚も……なんもかもがなんかおかしくなった。

「や、やった!」

瞼の感触もない、妙に視界も広い。なんか頭がくらくらするような気持ち悪い視野をめぐらせて周囲を見回す。するとさっきまで自分が入っていたと思しき子供が安堵したような表情を浮かべて気を失っていくところだった。

な、なんだこれ。なにがいったいどうなったんだ……俺は慌てて自分の手を見る。

ぶにょん……

しかし視界に入ってきたのは半透明の緑色の物体。

『な！　なんだってぇぇぇぇぇ！　なんだこれぇ！』

俺は蓋を閉められたガラス瓶の中で叫ぶ。と、同時にどこか冷静に今の状況を把握していた。

つまり……俺は異世界でスライムに転生した。

◇　◇　◇

やばい……まさかの人間転生失敗からのスライム転生だと？　さすがにその流れは考えてな

かった。しかも、この世界のスライムはたぶん……すっげぇ弱い！

　まったく体に力が入らないし、動きも鈍重だ。こんな小さな瓶の蓋すら開けられない。正直、現段階では完全に詰んでいる。どうせスライムに転生するなら、森の中とかにいる奴にしてくれればいくつか成り上がりのパターンも考えていたのによ。

『とにかく、できる限り情報が欲しい。さっきはあいつのステータスが見られたみたいだが、いまも見られるか？』

名前：―
ＬＶ：１
称号：異世界の転生者（スキル熟練度上昇率大、異世界言語修得、完全解析（パーフェクトアナリシス））
　へたれ転生者（悪運にボーナス補正、生存率上昇）
年齢：―
種族：スライム
技能：―
特殊技能：―
才覚：―

魔技：大食い／魂食い
特性：擬態

おお！　出た！　……ふたつめの称号にはいまひとつ釈然としないが、効果はなかなかいい。転生に失敗したボーナスと考えればアリだな。ひとつめの称号は普通に異世界転生のサービスセットか。成長率上昇、言語習得、鑑定の三点セットってやつだ。まあ、スキル熟練度っていってもスキルが一個もないからいまのところあんまり意味はないけどな。詳しい情報も見られるか？

【完全解析】すべての情報を解析し詳細を調べることができる。

見られるな。じゃあ魔技ってのは……「魔物が持っている魔物独自の技」か。まんまだな……ってことは魔技の【大食い】は……「なんでも、いくらでも食べられる。食べたものを蓄えられる」らしい。ようはどんだけ食ってもまだ食えるし、食いだめもできるってことか。ま、スライムだし予想通りだな、問題はこれだ。

【魂食い】魂まで吸収する。食べたものの力を吸収することがある。

へぇ、これは面白ぇ。てことは食えば食うほど強くなれるってことか？　しかもいくらでも食べられるんだろ？　スライム、まじでチートじゃね？　なんでこの世界はスライムに滅ぼされてないの？　あとはなんだ、魔物特性？　……「その種族特有の性質」つまりは種族特有の個別スキルみたいなもんか。スライムも持ってるな、こいつか。

【擬態】変化することができる。ただし、メモリーにないものには変化できない。

『ん？　これはどういうことだ』

擬態っていうくらいだから、変化するってのはいい。問題はなにに変化することができるかってことだ。いまの状態だと体を揺らすので精一杯で触手すら伸ばせそうもない。すると大事なのはメモリーか……そのメモリーをどうやって獲得するのか、だな。

どっちにしろこの瓶の中じゃ、これ以上はわからないか。まずは食ってみるところから始めるしかない。そのためにはあそこで寝ているあいつの協力がいる。

なんとか言いくるめて俺の異世界生活のサポートをさせなきゃな。

三．試行錯誤

やった！　なんとかなった！　乗っ取られようとしていたせいか、俺に対する警戒心が強すぎて、その場で殺されてもおかしくなかった。だが、俺の舌先三寸で……いや口も舌もねぇけど、とにかく！　リューマを説得することができた。

これで俺には自分の力を検証する時間ができた。それに、強くなりたいというリューマを誘導して、定期的に魔物を狩りに行くように仕向けることにも成功した。いやいや、こう言うと俺が一方的に利用しているみたいだが約束は守る。俺の知識を総動員して、リューマが強くなるためにアドバイスをするし、俺にできることがあるなら協力を惜しむつもりはない。

こんなスライムの体になってしまった俺と話すことができるのもあいつだけだろうしな。あいつにも言ったがいわば同盟だ。ここが田舎（いなか）のせいか、擦（す）れてなくて真っ直ぐで危なっかしい奴だが、同盟相手としては悪くない。少なくともこれだけお人好しなら、向こうから裏切られることはまずないだろう。

これで、ひとまずの生活は保証された。だが、問題はこの世界のスライムが最弱すぎるということだ。リューマの【鑑定】プラス【目利き】でも読み取ることができない魔技や魔物特性……これがあるから化ける可能性はあるが、相手が生きているとまず捕食できないというのが問題だ。全体を包み込む前にちょっとでも自力で動かれたら失敗するとか捕食のハードル高すぎだろ！　くそ、とにかくいろいろ試してみるしかないな。

その日から俺は、昼間はモフと呼ばれる角耳兎の頭の上でリューマと一緒に過ごして世界を学ぶ。ど田舎限定の知識だからあんまり役には立たなさそうだがそれは仕方ない。

そしてモフとリューマが寝静まったころから俺の検証はスタートする。基本的にスライムは睡眠を必要としないからな。人間だったときの名残で寝ようと思えば寝られるが、寝なくても寝不足になることはない。

俺がまず最初に試したのはモフを捕食できるかどうかだ。結果は勿論、失敗。こっそりと近づき、脚の先から体を伸ばして包み込もうとした瞬間にモフの鼓動で弾かれた。ていうか、鼓動ひとつで失敗するって……無抵抗の相手でも生きている以上は捕食ができないということか。

そのあと俺は窓の隙間から外に出ると地面の小石を捕食する。体の中に取り込んで……おお！　包み込むと同時に小石が消えた。包んでしまえば消化まで一瞬か……ということは無機物は問題なく食える。だが無機物をいくら食べたところで俺のなにかが強くなるわけじゃないし、栄養にできるわけでもなかった。それどころか……ぺっ！　食ったはずの小石も普通にまた出せるし。蓄えられるってそういうことかよ！

　結局、食べるといっても無機物に関してはスライム内の不思議空間に『しまう』というのが正しいみたいだな。いくらでも食べられて、蓄えられるということは、ある意味これは疑似的な『無限収納』――アイテムボックスとして使えるってことだ。これはリューマには秘密にしておいたほうがいいな、俺の手札のひとつに充分なりえる。


　次の検証。大きい生き物は無理だというのはわかった。じゃあ今の俺の体より小さい虫なんかを捕食するのはどうだろう。包む途中で動かれると駄目なら……。

　俺は地面を這う蟻を見つけて、その進行方向に移動。体を変形させて凹の形になると蟻が入ってくるのを待つ。蟻を食べるということに若干、忌避感はあるが……今は気にしない！　蟻が入ってきたらまず出口を塞ぎ、中の空洞と蟻を一気に体で押し包む……駄目でした。

　結局のところ俺の捕食は死体専門ってことだ。世間じゃ『スライムの捕食は包む途中に動かれると失敗する』と思われているようだが、実際は動いているものどころか『生きているものは包み込んでも駄目』が正しい。

　となればますますリューマの助けが必要だ。俺が食べて強くなるためには、リューマに魔物を倒してもらう必要がある。狩りの日までは能力の検証を続けつつ、体を動かす訓練をしておくとするか。

とうとうリューマがひとりで狩りに行く日がやってきた。ここ数日で俺の検証のほうもやれることが尽きて頭打ちだったから、いいタイミングだ。大人たちに見咎(みとが)められないように、わざと北門から出て大回りで東の狩り場へと向かわせる。今後も通えるように行動は密(ひそ)かに、かつ迅速(じんそく)にしなきゃならないからな。

それにしても、俺はモフの上にいただけだから楽勝だったが、直線で大人が歩いて二時間の道のりを大幅に遠回りしたにもかかわらずリューマは一時間半で走破していた。しかも休憩なしで。それなのに、けろっとしているところがすげぇ。鍛えているというだけあって基礎体力は抜群にある。これならいいスキルを集められれば、お望み通りの強さを手に入れられるだろう。

『きゅん！』

おっと、鼻のいいモフが魔物を見つけたらしいな……どれ。

オーク
状態：健常
ＬＶ：９
技能：威圧１／格闘１
魔技：咆哮(ほうこう)
特性：鈍感

お！　あれがこの世界のオークか、いきなり有名どころがきやがったな。背中しか見えないが体格もいいし、力はありそうだ。スキルは【威圧】と【格闘】、リューマには【格闘】が優先だな。

『初戦の相手としては悪くないな。【格闘】は武器を失った時なんかにも役に立つだろうし、持ってれば他の戦闘系スキルを使う際にも動きが良くなると思うぜ。【威圧】はあまり使う機会はないかもしれないが、持ってて困るもんじゃないからな。第二順位になるけど狙えたら狙っていけ』

せっかくこっちから奇襲をかけられるのにずいぶんと躊躇(ためら)っているな。こいつのスキルは多少面倒な条件はあるが間違いなくチートだ。相手の有利なスキルを奪い、自分のスキルにできるってことは、条件付きの劣化【強奪】スキルと言ってもいい。多少のレベル差や能力値の違いは充分ひっくり返せるはず。

『なんだ？　自信がないのか？　……そうだな、じゃあせっかくいまは見つかってないんだから、後ろからこっそり近づいて【格闘】スキルをなんかの生活系のスキルと交換してこい。成功すればその時点で俺たちの勝ちだ。失敗した場合は……まあ、なんとかなるだろ』

まあ、こいつはちょっと気弱で慎重だが臆病者じゃない。この程度の発破(はっぱ)で充分のはずだ……見ろ、覚悟を決めて出ていった。あいつが昔にレアなゴブリンと交換したとかいう【隠密】スキル、あれもすげぇ。リューマから目を離していないのに、って目はねぇけど……とにかくずっと見ているのに油断したら見失いそうだ。あんな使えるスキルがあればそんなにビビる必要もないだろうに。

【技能交換(スキルトレード)】

対象指定「格闘1」
交換指定「裁縫1」
【成功】

【技能交換】
対象指定「威圧1」
交換指定「採取1」
【成功】

みろ！　ふたつとも成功したじゃねぇか！

『よくやった！　あとはそのままオークを倒せ！　いまなら勝てるはずだ』

食事中でまだ敵の存在に気がついていないオークの急所、この状況なら首ががらあきだ。首を剣で斬りつければもう長くは動けないはずだ。

それなのにリューマの奴は剣を抜くと腰だめに構えて脂肪と筋肉の集中している背中に向かって突き出す！

　あの馬鹿！

「ぶひぃぃぃぃぃ!!」

【威圧】と【格闘】がなくなっているせいか動きにも声にも怖さは感じないが、背中に刺さった剣の痛みも【鈍感】のせいであんまり効いていないみたいだな。とにかく、筋肉に食い込んで抜けなくなった剣に固執（こしつ）するとやべぇ！

『リューマ！　剣を手放して離れろ！　槍（やり）に持ち替えるんだ！』

「わ、わかった！」

　そのあとリューマはスキルを交換されて弱体化したオークと、槍の間合いを保ったまま戦うことを意識して少しずつ傷を与えて体力を削り、十分ほどの激闘のすえにようやく相手を倒した。

「はぁ、はぁ……」

『お疲れ。言ったとおりだろ、勝てるってさ。ただ、いまのお前の体じゃオークほどの大柄なりするからな』

魔物の急所を剣で突き通すのは難しい。だから、戦いかたは考えなきゃな。刺すなら、首とか顔とか、脇の下とかを選べ。中途半端に背中や腹に刺すと今回みたいに武器が抜けなくなったりするからな』

リューマの検証はまずはこんなもんだろう。だが、俺の検証はこれからだ。うまいこと疑われずにあの死体を捕食したい……ダジャレじゃねぇぞ！

『あ！　あと死体の処理だけどよ、ここに残しておくといろんなもんを呼んでも困るし、お前の村の狩人たちに見られたらいろいろ困ることになるんじゃないか？』

よし、あんまり不自然にならずに切り出せたぜ。理由も前もって考えておいた。内緒で森に来ているんだから証拠湮滅は重要だろう。

「……そうだね。こんな斬り傷、刺し傷のある死体があったら、村の人以外で誰がこのオークを倒したんだって話になるかも。どうしようかな」

そうだろう、そうだろう。こんな僻地に村の人間以外が狩りに来るなんてありえない。武器で倒された魔物なんかが見つかったら、それなりに問題になる。少なくとも森への立ち入りは厳重に管理されるようになってしまうだろう。

『よし、それなら任せておけ！　死体ならスライムの俺が処理できる』

そこで俺の出番だ。俺が死体さえしっかりと食ってしまえば、戦闘の痕跡がちょっと残るくらいは問題ないはずだ。森の中では魔物同士の争いだってあるからな。リューマの了承を得た俺は内心嬉々としながらリューマが魔晶を取り除いたあとのオークに張り付いてじわじわと全身を覆(おお)っていく。この時対象が生きていると、俺は弾かれちまうが死体なら問題ない。

毎晩の訓練で捕食のスピードもかなり上がっていたが、リューマに違和感を与えないようにゆっくりと体を伸ばし、たっぷり五分ほどかけてオークを完全にコーティング。そしてコーティング完了と同時に、一気に元の大きさに戻る。

あれだけ大きな獲物(えもの)を食った割には満腹感というのはないな……解析結果はどうだ？

名前：タツマ
LV：1
称号：異世界の転生者（スキル熟練度上昇率大、異世界言語修得、完全解析(パーフェクトアナリシス)）

へたれ転生者（悪運にボーナス補正、生存率上昇）
年齢：—
種族：スライム
技能：—
特殊技能：—
才覚：—
魔技：大食い／魂食い／咆哮
特性：擬態（オーク＝68％）

『おお、なるほど【魂食い】は、一種の強奪スキルなのか。それなら基本的にこれからもどんどん食べていく必要があるな』

「ん？　なんか言ったタツマ」

っと危ねぇ、興奮してうっかり思念が漏れてたぜ。それにしても魂食いか……どうやら普通のスキルは食えないみたいだが、魔物が種族として持っているような魔技は魂に関連があるってことなのかね。いずれにしてもこれはすげぇ能力に化ける気がするな。それに食った魔物をメモリーするっていうのはこういうことか……おそらく100％になったらオークに擬態することができるようになる。うまく機会に恵まれれば……人間にだって。いやいや、それはないか。さすがに人を食うのは……な。

『んにゃ！　なんでもない。今、ゴブリンも食っちまうからちょっと待ってろ。その間にモフに次の獲物の目星をつけてもらっておいてくれ。あとその辺にある薬草とかも採取しておけよ。交換に使ったスキルを再取得しなきゃならないからな』

「了解。モフよろしく頼むね」

『きゅん！』

周囲の索敵に戻るリューマをよそに俺は食い散らかされたゴブリンを捕食する。ゴブリンは魔技も特性もないし、メモリー目的だが体自体も半分近くが食われた後なのでさほど期待はできないか……お？　でもゴブリンメモリーは62％だ……この違いはなんだ？

ほとんど体が残っていたオークと、体が半分近くなかったゴブリン。普通ならオークのほうがもっと高くなるはずじゃないのか？

ゴブリンにあって、オークにはなかったモノ？　…………あ！　そうか、魔晶か。となると食った相手に魔晶があるかどうかは成長度にかなりの差が出るな。といってもリューマの稼ぎを奪っちまうのも悪いしな……しばらくは魔晶抜きで地道にメモリーを集めるとするか。

五．異変

初めてオークを食った日から早いものでもう四年が経つ、つまり俺が異世界に来てからも四年だ。そして今日、とうとうリューマが成人を迎える。成人したら村を出て街へ行って冒険者になるのがあいつの夢だ。猫耳幼馴染みの成人を待つらしいから出発はもう少し後みたいだがな。

リューマはこの四年間、狩りに行けない日は交換で使ってしまった生活スキルを全力で再取得し、大人たちの隙を見ては森に行ってスキルトレードを使用してきた。あいつのスキルの特性上、高レベルのスキルが取りにくいのが弱点だが、スキルの種類としては結構な数を揃えられたはずだ。田舎者らしく擦れていないので、こんな俺の助言を素直にはいはいと聞くから、ついつい調子に乗って本気で助言しちまった。

ついでにモフも俺を頭に乗せつつ、いい働きをしてくれていて、かなり強くなっている。実はリューマには内緒だが、ちょっとした魔技を手に入れたおかげでモフともほんの少しだけ意思の疎通ができるようになってきている。それを利用して、こっそりとモフにいろいろな戦いかたや技を仕込んでいる。モフの訓練をしていること自体はリューマも知っているが、別にあいつのためじゃない。モフは俺の足代わりの大切な乗騎だから、あっさりとやられちまうと困るだろ。

『きゅきゅ～ん』

おっと、この嬉しそうな鳴き声はリューマが来たときの声だな。

「今日も精が出るねモフ。モフの成長具合はどう？　タツマ」
『おう、かなりいいぜ。もう角耳兎とは言えないくらい強い。たぶんウルフ系の上位種あたりとやってもなんとかなるんじゃないか』

これはマジだ。【格闘】がある以上は、もっと特化したスキルがあってもいいだろうと推測して蹴り技を練習させたことで【蹴術】スキルを覚えさせることに成功したし、硬化しているときの角耳を槍に見立てて攻撃方法を槍技に似せるように指導したら【槍術】を覚えた。これに持ち前の高い【敏捷】を加えることで、そこいらの魔物とは一線を画する存在になっている。

もちろん俺も四年間遊んでいたわけじゃない。リューマの倒した魔物の死体処理係という役どころを確立し、がんがん食わせてもらった。その結果がこれだ。

名前：タツマ
ＬＶ：３
称号：異世界の転生者（スキル熟練度上昇率大、異世界言語修得、完全解析（パーフェクトアナリシス））
　へたれ転生者（悪運にボーナス補正、生存率上昇）
年齢：ー
種族：スライム
技能：再生１
特殊技能：ー
才覚：ー
魔技：大食い／魂食い（たまぐい）／咆哮（ほうこう）／飛翔／嗅覚（きゅうかく）／エラ呼吸／防鱗（ぼうりん）／共有／分裂／超音波
特性：擬態『オーク』『ゴブリン』『ガルホーク』『ダークバット』『フォレストウルフ』
（ウッドアント＝１００％、グリワーム＝50％、アクアリザード＝69％、スライム23％）

魔技で覚えた技もかなり増えたが、こいつらはスライムのときはほとんど使えない。【咆哮】

は口がなきゃ使えないし、【飛翔】は羽がなきゃ使えない。【嗅覚】は鼻が必要だし、スライムにはエラ呼吸は必要ないからな。

なんとか役に立っているのは体をちょっと硬くできる【防鱗】、体をふたつに分けられる【分裂】、体を震わせることで微弱ながら放てる【超音波】、そして感覚共有的なスキルの【共有】だ。モフとの意思疎通を助けてくれているのはこの魔技だな。

【擬態】のほうもかなりメモリーを蓄積できた。ただ、擬態にセットできるのは五種類までで、それ以外の魔物は仮にメモリーが100％に達していても擬態できない。いまだとウッドアントがそうだ。しかもセットしてあるメモリーは一度外すとメモリーが半分に減るから闇雲に変えられないのが困る。

本当はもっといろいろ試したかったんだが、村の中で魔物の姿になるわけにはいかないし、だいたいいつもリューマと一緒に動いていたから【擬態】はあまり試せていない。夜中に部屋の隅でこっそり練習するくらいだな。だがその練習のおかげで部分的な擬態をマスターできたのは大きな収穫だった。

さて、リューマは今日も川原で修行か。モフに乗っていないと動くのめんどくせぇし俺も行くかな。

『それにしても、なんだか村が騒がしくないか？』

「うん、なんか西門の方に初顔の行商人が来たらしくてさ。ちょっと浮き足だってるみたい」

へえ、珍しいなこの田舎に。この四年間、いつもの行商の爺さん以外は誰も来たことがないからな……ん？　ちょっと待て！　いま後ろを通り過ぎた男たちはなんて言った？

『おい！　聞いたかリューマ！』

「うん、聞こえた！　確かに美人のエルフがいるって！」

キタァアアアァぁ！　やったぜエルフ！　ドワーフとの対面も感動だったが所詮は筋肉質な男。美女揃いと噂されるエルフとは比べ物にならない！

結局リューマは猫耳の幼馴染みに連れられて、ろくにエルフを見ないままに修行に向かった。馬鹿な奴だ、エルフを見ないなんて。モフもリューマと一緒に行ってしまったため、俺は自分の力で村人の足元をぬるぬるとすり抜けて人込みを抜けていく。

さてさて愛しのエルフちゃんはどこかなぁっと……お！　いたいた。あの長いさらさらの金髪に碧眼、そして長い耳。間違いなくエルフだ。くぅ～憧れのエルフに会えるとはなぁ、スライム転生とかどうよって思っていたけど、生エルフが見られただけでもう収支はとんとんだな。

しかも！　あのエルフ、エルフにあるまじき巨乳！　う、埋もれたいぜ。っと一応鑑定、鑑定。

名前：深森のシルフィリアーナ
状態：精神支配（闇術によるもの）
ＬＶ：22
称号：深森の友（木・水・土の精霊と親和性が高くなりやすい）
年齢：22歳
種族：ハイエルフ族
技能：細剣術２／精霊魔法３（木・水・土）／手当て２／光術２
特殊技能：精霊化
固有技能：精霊の道
才覚：従者の才《潜在》

『ちょっと、なんだあれ、まずくねぇか。あっちのエルフ、闇の魔法で支配されてるじゃねぇか……しかも、ありゃあ、やべぇな』

名前：アドニス

状態：健常
ＬＶ：34
称号：虐げられし者の末裔（他種族との戦闘時ステータス微増）
年齢：25歳
種族：人魔族
技能：剣術２／闇術５／偽装４／詐術３／隠密２／夜目４／行動（森４・闇４）／耐性（闇５・毒３・麻痺２）
特殊技能：なし
固有技能：魔血解放（魔の力を解放して異形の戦士となる）

　エルフの近くでうろうろしていた行商人をついでに鑑定した結果がこれだ。人魔族ってなんだよ、ベタなラインだと魔族の立ち位置か？　でも魔族がいるなんてリューマの奴は言ってなかったぞ。

　しかもこいつ【偽装】で本当のステータスを隠していたらしい。ま、俺の【完全解析】には関係なかったけどな。ただ、こいつ……どう考えても友好的なことを考えているようには見えねえぞ。あいつが準備している香炉と香木、いったいあんなもん出してなにするつもりだ？

『蠱惑の香炉：ここで焚かれた香の効果を倍増する魔道具』
『ダズリの香木：この香を吸い込むと強い麻痺の効果がある』

「ようこそポルック村へ。こんな辺境の村まで大変だったと思うが、ここで商売をする前にいくつか確認させてくれ」
「はい、なんなりと」

リューマの親父が人込みの中から出てくる。さすがに守護者として見知らぬ人間をいきなり信用したりはしねぇな。戦いになってもいい勝負だと思うが……あの巨乳エルフがどう動くか。

「まず、どこを出発してどんな経路でここまで来たか教えてくれ」
「ええ、辺境の産物を探して西のほうの村々を虱潰しにしてまいりました」

魔族の顔が歪んだ笑みを浮かべる。その顔を見てなんとなくわかっちまった……比喩じゃなく言葉通り奴がいくつもの村を潰してきたことを。奴は称号のとおり他種族を強く恨んでやがる。対処を間違えばこの村も滅んじまうぞ。どうする？　リューマを呼びに行くか？　いや、あいつがいたところで……

「……ほう、なにかいい物は見つかりましたか？」

「ええ！　ええ！　それはもう……たとえばこの香木なんかはとてもいい香りがいたします。お近づきのしるしに少しですが焚かせていただきましょう」

そう言うと魔族は流れるような動作で香木に火を点け、香炉に入れる。

「おい！　あれをやれ」

さらに虚ろな目をしている巨乳エルフに指示を出すと、巨乳エルフは短く呪文を唱え、高く掲げた指先を明滅させ始める。香炉から立ち上る煙、エルフの光……それを嗅ぎ、見たリューマの親父が目を見開き、口を押さえると振り返って叫ぶ！

「嗅ぐな！　見るな！　今すぐここを離れろ！」

叫んだリューマの親父はすぐに背負っていた槍を抜き、置いてあった香炉を弾き飛ばすと同時に魔族へと連続突きを放つ。煙の麻痺効果と、それを増幅する役割だったらしい巨乳エルフの【光術】に即座に気がついたのはさすがだが……

「くくく、やはりあなたが一番の難物でしたか。だが、あなたは一番近くで香を吸い込み、あの光を見た。動けなくなるのも時間の問題です」

魔族の言う通りだ。すでにリューマの親父の状態は【麻痺（強）】だった。もはや精神力だけで動いているのだろう。幸いスライムの俺は口も目も……っていうか神経自体がなさそうだから効果はないが。

「くー　う、動ける者は動けない者を引きずってここから離れろ！　それからマリシャを呼んで対……処を」

その声に従って、パニック状態だった村人たちが我に返り、比較的人込みの後ろにいた人間たちが麻痺して倒れている村人たちを引きずって必死に逃げていく。

「ガードンさん！　あんたもその体じゃ無理だ！　いったん退いてください！」

「く……マリシャが来たら退く。それまではこいつを」

「凄い！　凄い精神力ですよあなた！　ならばその心意気に免じて私は何もしないであげましょう」

「な、なん……だと？」

「おい、繋げ！」

「……」

魔族の指示で再びなにかを呟き始めた巨乳エルフ、そしてすぐにその前の空間が歪み始める。あれは……なんか空間系の魔法か？　スキルとしては【精霊の道】ってやつか。くそ！　なんかやべえもんが来やがる。ここにいるのも潮時か？

「……ん？　リューマのスライムか……近くにリューマがいるのか？　そこのスライム……もし俺の言葉がわかるならリューマに伝えてくれ……逃げろ！　絶対に戻ってくるなと！　た、頼む」

あああぁ！　くそったれ！　そんな状態のくせにそんなこと頼まれちまったら、断れねぇじゃねぇか！

俺は北門に向かって全力で跳ね続けるが、とてもじゃないが間に合わない。このままじゃリューマのところに着いた時にはすべてが終わっている。それならやるしかねぇ、まずは【超音波】で周囲の気配を探る。よし、近くに生きているものはいない。

俺はメモリーの中からガルホークを選択し、さらに今回は即座に解除できるように部分擬態で羽だけを【擬態】。そのまま地面を蹴り、羽ばたきとともに【飛翔】を発動して空へと。

よっしゃあ！　うまくいった！　初めて使った割にはいい感じじゃねぇか。スライムで空を飛んでやったぜ！　っと、喜んでいる場合じゃなかった。

俺は全力で思念を送ってリューマを呼びながら飛び、リューマの反応があったところで地面に降りてスライムに戻って自力で走る。その後、駆けつけてきたリューマと合流して村へと引き返した。

六．初戦闘

『リューマ！　一応そこの香炉には気をつけろ。もう煙は出てなさそうだが、そこから出てた煙は状態異常を促進する効果があったっぽいからな』

村まで戻った俺たちは、リューマの親父たちを助けたあと親父さんの指示でフレイムキマイラを止めるために、奴を召喚したエルフを倒しに来た。だが、あのエルフのスキル【精霊の道】……その名前から考えると招き入れた魔物を送り返すようなことは難しそうだな。

ち、エルフを止める前に人魔族の奴が出てきちまったか。あいつが相手じゃ、いまのリューマにはちょっと荷が重い。ん？　あの香炉、ずいぶんと頑丈そうだな……くく、上手くいけば面白ぇな。ダメもとで試してみるか。

おい、モフ。リューマはあのままだと殺されるぞ、助けるために俺に協力してくれ。

「きゅん！」

おお、よしよし。本当にお前はリューマのためって言葉をつければなんでも協力してくれて助かるぜ。よし、じゃああの香炉をこの間完成した必殺技であいつに当てるぞ。準備に入ってくれ。

「きゅきゅきゅん！」

俺の指示に従ってモフが耳を硬化、香炉の前で後ろを向くと耳を地面に突き刺す。そのままモフは後ろ脚にパワーを溜め込んでいく。おお、すげぇ、明らかに後ろ脚が膨張しているのがわかる。魔物のポテンシャルはやっぱり侮れないぜ。おっと、あっちもやべぇな……モフ！　いくぞ、タイミングは俺が教える……三、二、一、行け！

「きゅん！」

「変わったスキルや尖ったスキルの持ち主は優先的に排除しておくにこしたことはないですからねぇ。確実にここで処分しておきましょう……がぐぇ!!」

よっしゃぁ！　もろに無防備だった胸に命中したぜ！　しかも門を突き破って街の外まで吹っ飛ばすとか、どんだけのパワーだよ。でもよくやったぞモフ。完璧な仕事だ……ていうかあれって結構致命傷じゃね？　それにあいつは一応、魔族的な位置付けだよな……俺的にはありだな。

俺はリューマにエルフを任せ、俺が人魔族の確認に行くことを強引に認めさせると飛び跳ねながら村を出て、即座にメモリーの中からフォレストウルフを選択。今回は完全擬態で体をフォレストウルフに【擬態】。そのまま地面を蹴って疾走して人魔族の姿を捜す。まあ、捜すといっても数十メートル先に砂埃が舞っているからあそこにいるのは間違いない。

「くっ……さっきの衝撃は、な、なんだったんだ。この俺が、こんなダメージを……受けると、は……がはっ」

おお、いるいる。口から血を垂らしながら起き上がろうとしているところだ。やっぱりダメージはでかそうだな。これならいける。

俺は速度を緩めずに四肢に力をこめると、一気に首を嚙みちぎりにいく。人型の相手に躊躇したら決意が鈍るかもしれない。いくら異世界に来て割り切って生きると決めてはいても十七年間培ってきた日本人的社会通念の枷がある。

「くお！　なんだこいつは！　フォレストウルフ？　なんでこんなところに！　ぐぉ！」

ち、さすがは高レベル。俺の奇襲を僅かに身を捻ってかわしやがった。おかげで肩口を噛みちぎるので精一杯だったぜ。だが、これであいつの左腕は使えねぇだろう……それに、意外と忌避感がないのも助かった。これならあいつを殺して食える！

「ふざけるな！　たかがフォレストウルフごときにやられる私ではないぞ！」

左手をだらりと下げたまま立ち上がった人魔族は、【闇術】の一種なのか黒い剣を右手に生み出し、俺へと斬りかかってくる。幸いなのはいろんなところを傷めているせいか動きにはついていける。狼の四肢があるせいでこっちの機動力も高い。しばらくは相手を消耗させて……それからとどめか？

『タツマ！』

『……おっと！　リューマか。どうやら人魔族は死、んだみたい！　だな。確認のために捕食したあと追いかける！　から……先に行っとけ。結構遠くまで吹っ飛んでたんで俺の速度だと時間がかかる』

『本当に大丈夫なのか！』

『おう！　村の奴らの仇だからな、きっちり捕食しとく』

俺を心配したのか、リューマからの思念が届くが今は相手をしている暇はない。戦っているなんてばれたらお人好しのあいつは絶対に助けに来ちまうし、あいつにはこいつを食っているところは見られたくない。

奴の動きは鈍いが【剣術2】を持っているせいで攻撃は鋭い、俺は迂闊に近づきすぎないように気をつけながらスピードで翻弄し、少しずつ奴の足を削っていく。だが、レベルの違いなのか急所を攻撃できないと効果が薄い。このままだとジリ貧か……やってみるか。奴の周囲をジグザグに飛び跳ねながら攪乱しつつ走り、斬りつけようとした奴の動きをかいくぐり飛び込んで足に体当たりをして体勢を崩させると一気に走り抜け、奴の五メートル背後で振り返る。

「くそ、ちょこまかと鬱陶しい奴だ」

体勢を立て直して振り返ろうとする奴の姿を見ながら俺は限界まで息を吸い込み、【咆哮】

と【超音波】を全力で放つ。

「ウォウウウウウウウウウウ！」

「うぐ！　なんだこの遠吠えは……頭が痛い！」

咄嗟に耳を押さえてうずくまった奴の隙をついて、一気に距離を詰め【擬態】を解除。スライムの体に戻った俺は、【大食い】で取り込んでいた大きな棍棒を吐き出す。そしてすぐさま再び【擬態】で今度はオークを選択。瞬く間にオークへの擬態をすませると棍棒を拾って振りかぶる。

「ば、ばかな！　さっきまでの狼は？　いつの間にオークが……」

それが、奴の最期の言葉だった。

七．旅立ち

　なんとかフレイムキマイラを倒した俺たちに旅立ちの時が来た。村の皆もどうやら引っ越すことになるらしいな。一応俺とリューマの契約は冒険者になるまで。街に着いて冒険者登録したら俺たちの関係も……だけど、まあ……あいつを強くするっていう約束はまだまだだし、俺も街の知識とかは怪しいし、それに……俺みたいなスライムを友達とか同盟相手なんて言っちまうようなお人好しだからな、まだまだ危なっかしい。もうしばらくは付き合ってやるさ。

　だが、いつかは俺も俺の冒険を始める。それは確定だ……だけどしばらくはこいつらと一緒に冒険をするのも悪くない。

『さあ、いよいよだ！　行こうぜリューマ！』

　美沙希、安心しろよ。俺は楽しくやっているからな。

名前：タツマ

ＬＶ：３

称号：異世界の転生者（スキル熟練度上昇率大、異世界言語修得、完全解析(パーフェクトアナリシス)）

へたれ転生者（悪運にボーナス補正、生存率上昇）

年齢：－

種族：スライム

技能：再生１

特殊技能：－

才覚：－

魔技：大食い／魂食い(たまぐ)／咆哮／飛翔／嗅覚(きゅうかく)／エラ呼吸／防鱗(ぼうりん)／共有／分裂／超音波／魔血解放

特性：擬態『オーク』『ゴブリン』『ガルホーク』『フォレストウルフ』『人魔族《ｔｙｐｅアドニス》』

メモリー：（ウッドアント＝１００％、グリワーム＝50％、アクアリザード＝69％、スライム23％、ダークバット＝50％）

あとがき

『スキルトレーダー【技能交換】～辺境でわらしべ長者やってます～』をお手に取ってくださった皆様、まずはありがとうございます。

私の他作品もご覧になってくださった方はご存じかもしれませんが、この本を初めて手に取ってくれた方は初めましてですね。作者の伏(龍)です。


本作は集英社ダッシュエックス文庫主催の『第一回集英社WEB小説大賞』で奨励賞をいただいた作品です。もともとは『小説家になろう』に連載させていただいていたのですが、他作品の書籍化や、私事多忙などで時間が確保出来なくなり、長い間更新が止まっていた作品でした。俗に言うエタるというやつです。

ですが、この作品自体は私のなろう連載第二弾として始めたもので、キャラも内容も気に入っていた作品なのでいつか書籍化したい一作でした。本当は一度チャンスがあったのですが、諸々の事情によって途中で立ち消えになってしまったこともあってその思いは強くありました。

なので、今回『第一回集英社WEB小説大賞』に応募させていただいたのですが、その甲斐あってダッシュエックス文庫の方々に評価していただくこととなり、とうとう本にすることが出来ました。本当に嬉しかったです。

今回の受賞、出版にあたり集英社の担当者の方から連絡があったのですが、このご時世ですので、今回は担当編集さんと顔合わせをしないまま書籍化作業に入ることになりました。もちろんなんでもデジタル化の時代ですから、連絡も原稿のやり取りもメールで出来ます。出来るんですが、なんとなく物足りなく感じてしまいました。

私自身は初対面の人に限り人見知りで、知らない人に会うことに若干(じゃっかん)ストレスを感じるタイプなので、一度お会いして他愛(たわい)もない雑談混じりの打ち合わせをすることに、さほど意味はないだろうと思っていたのですが、メールではもちろんリモートやテレビ電話でも伝わらない、その人の所作(しょさ)や雰囲気などを実際に感じられるというのは意外と大事なことだったのかなと思いました。

という訳で担当編集のHさん、世の中が落ち着いたら是非お願いします(笑)。

さて、それでは一応本書のアピールポイントについても少しだけ。

まずは何を差し置いてもイラストが秀逸なことです！　主人公リューマの純朴さとヒロイン

リミナルゼの無邪気な愛らしさを見事に絵にしてくださっています。

次に書籍オリジナルの書き下ろしもあります。角耳兎（つのみみうさぎ）のモフがなぜ強く成長したのか、その裏事情の閑話や、裏の章、裏トレーダーとして本編の流れをタツマ視点で追いかけるという書き下ろしが大量に掲載されています。これを読んでいただければ、あの時なぜああなったのか、あのあとあの人がどうなったのか、タツマの能力とは……といった秘密が丸わかりになってしまいます。実はこの作品は構想上、W主人公的な話にしたかったのでリューマとタツマ、それぞれに主人公になれるだけの設定が考えてあります。なので、この構成はいつかこの作品が書籍化した時にやろうとずっと考えていました。書籍化されなければ誰の目にも触れないままだった場面もあったので、こうして皆さんにお届け出来て本当に良かったです。

最後は謝辞のコーナーです。

まずは本作を評価して書籍化を決断していただいた、集英社様に感謝を。

次に、担当してくださった編集のH様。忙しくてメールの返信なども遅れがちでご迷惑をおかけしてしまいましたが、いろいろありがとうございました。

それから、今回も素敵なイラストを描いてくださったニノモトニノ先生。先ほども触れましたが、人間、獣人、動物、魔物、エルフと多種多様なイラストを綺麗に可愛く描き上げてくださって本当にありがとうございます。

そしてもちろん本当の最後は、この本を手に取ってくださっている読者の皆さんです。皆さんのおかげでこうしてまた私の作品を一冊世に送り出すことが出来ました。

読者の皆様に最大級の感謝を捧げます。

それでは、またどこかでお会いしましょう。

伏（龍）

ダッシュエックス文庫

スキルトレーダー【技能交換】
～辺境でわらしべ長者やってます～

伏(龍)

2020年10月28日　第1刷発行

★定価はカバーに表示してあります

発行者　北畠輝幸
発行所　株式会社　集英社
〒101－8050　東京都千代田区一ツ橋2－5－10
03(3230)6229(編集)
03(3230)6393(販売／書店専用) 03(3230)6080(読者係)
印刷所　大日本印刷株式会社
編集協力　法貴仁敬(RCE)

ISBN978-4-08-631386-5 C0193